COLLANA

VENUS

LINA AGOSTINI

SOGNA, VECCHIA RAGAZZA, SOGNA

ISBN 9791280628954
Copyright © 2024 Società Editrice Di Leandro & Partners

Società Editrice Di Leandro & Partners opera sotto il
coordinamento e la direzione operativa di:
Di Leandro & Partners srl

COPERTINA
DESIGN & GRAPHICS a cura dell'Editore
Immagine generata con IA

www.dileandro.com   progettieditoriali@dileandro.it

A me stessa

PREFAZIONE

La vita. Qui si racconta la vita con una voce limpida e spietata.
È la storia di una vita lunga un anno e qualche ora: quella di una lei che ama un lui che non la ama.
Un romanzo scritto come una sorta di Diario che ci racconta l'amore di una donna matura e sola verso un giovane che ha la metà dei suoi anni.

Perché l'amore accade. D'improvviso. Perché siamo sangue e carne, a qualunque età.
Da sempre avviene così.

E siamo alla sera del compleanno dei suoi sessant'anni quando lei incontra lui.
Lui è un musicista sfigato dalle mani bellissime. *Di lui mi sono innamorata quando il pianista ha attaccato la colonna sonora del film più brutto di Tarantino. Mi sono innamorata della musica di Morricone... Un colpo di sole. Un lampo.*
Nulla ha potuto svelare quella rapida lama di luce. È stato tutto così rapido che in sessant'anni mi si è attorcigliato intorno come pellicola di una vita. Quel lampo di luce di occhi profondi, un sorriso sbilenco ma per finta, le mani che scorrono sulla tastiera mi rivelano tutto. Mi sembra di aver dimenticato la melodia, l'insieme del suono e sono avvolta nel silenzio. I mei sessant'anni sono stati un lampo... La storia inizia così.

Ti sembra un sogno o un lucido ricordo.
La storia comincia a muoversi così. La storia di una lei e di un lui che si rincorrono e abbandonano con lucido e faticoso impegno e appassionato dolore.

Non tergiversa questa scrittura, che ti arriva dritta in pancia; ti inchioda. Usa i "fermo immagine" in maniera spietata persino sui sentimenti, quelli di una donna di sessant'anni che coraggiosamente si innamora.

È coraggiosa la scrittura di Lina Agostini. Coraggioso il suo lucido sarcasmo. Coraggiosa la sua scelta di raccontare questa storia. (Storia di una vecchia che si innamora, che è tradita, giudicata, abbandonata).

Con la sua solita penna schietta, impudica, sfrontata e sincera, Lina Agostini ci parla di vecchiaia. Lo fa senza veli, senza gentilezza, senza zucchero.
Ce la svela, a frammenti.
Ne svela dolorosamente gli inevitabili segni di declino della persona, i cambiamenti di un corpo che tradisce, di mani da vecchia che persino lei non si sopporta più di vedere, di sentimenti e della capacità di amare e di sentire che invece non invecchiano, proprio come la musica, che è da sempre una gran ruffiana.

Frammenti di vita. Vicende, incidenti. Tutto riesce a restituirci un perfetto spaccato del nostro Paese, un mondo abitato da vecchi (non anziani) dove un posto per loro, non c'è. È un romanzo doloroso. Che ci denuncia tutti.
E parla di solitudine. Non d'amore.

Incalzante, la progressione del Diario, è spezzettato da ricordi ed episodi di vita, di epifanie che ne mantengono un ritmo narrativo vorticoso e suspense. È degno della grande giornalista Lina Agostini. Solo a piccoli tratti malinconico.

Enrica Marcenaro
Giornalista

CAPITOLO 1
Io

Sei sola quando a darti il buongiorno dal comodino è la sveglia, quando la sera ti dimentichi di lavarti i denti e quando vai a dormire con le mutande. Quando in cucina hai una sola tazza per il tè e non te ne importa.
Persino il fondo di vino che hai dimenticato nella credenza, che ormai sa di aceto, ti ricorda che tu sei astemia e che sei sola. Vivi sola.

Vivo sola da vent'anni.
Sto in una bella casa e mi fa compagnia Nani, un bassotto a pelo corto nero come la notte e lucido come la seta. Mentre lavoro dorme acciambellato sui miei piedi.
Come sarebbe la mia vita senza di lui?
Sarebbe come la vita senza la vita.
Dalla solitudine mi sono lasciata inghiottire presto. Ora la subisco.
Sono sola perché ho solo il mio presente. Ho lasciato da tempo il passato che era basato su scelte semplici: lavoro, matrimonio, divorzio.
Tutte cause perse.
Non voglio che le cose accadute si ripetano.

Ho sessant'anni.
Mi sento una vecchia grinzosa che nessuno potrebbe amare.
Forse è una stronzata; neppure le mie rughe e le mie cicatrici possono decidere della mia vita. Nessuno (e nulla) può.
Sono in buona salute. Freno l'ipertensione con due medicinali la mattina e tre nel pomeriggio. Bevo due litri d'acqua al

giorno.
Un antidepressivo mi aiuta a dormire.
Dormo sonni senza sogni. Meglio così.

Dicono che sono bella. Guardandomi penso che quella lì sia solo la visione di qualcuno che vorrebbe portarmi a letto.
Sono bella? Non lo so.

Posto commenti acidi sull'iPad, faccio incursioni su Clubhouse.
Parlo di cultura, cinema, arte; dedico due minuti per ogni *topic* e parlo con nomi e faccine inerti che non mi conoscono e che non conosco.
Ho mille *follower*.
Pura manipolazione e gradimento. Penso che se piaccio, sono.
Sono astemia. Poco il sesso, nessuna concessione alla ginnastica, nessuna storia sentimentale. In questi vent'anni, qualche incontro, magari tra colleghi negli scannatoi in affitto durante la pausa pranzo, c'è stato. Magari condividendo desideri mondani e fatui in silenzio.
Non hanno mai significato nulla. Come la tazzina del caffè che teniamo in mano senza accorgercene e che poi si raffredda sulla scrivania. Ci tiene compagnia senza riempire la solitudine di ognuno.

Potresti pensare che sono sola perché ho paura del mondo là fuori. Forse.
Ma così non ho mai avuto il cuore a pezzi.
Almeno fino a fino a oggi.

Quando Junior ha cominciato a suonare è arrivata la "sfanculata" alla mia bella solitudine.

È bastata una serata bruttina e triste e la mia solitudine è diventata metafora; con vent'anni di sonno e nemmeno un sogno.
"Ora sogna vecchia ragazza, sogna".

CAPITOLO 2
Oggi

L'ho amato. Ora è ricordo.
Ma è anche dolore.
Non potrei darti una spiegazione all'infuori di questa: l'ho amato perché io ero io e perché lui era lui.
L'idea di ricordare un amore me l'ha suggerita una poesia, "Facce".
L'ho ritrovata in un vecchio libro di mia madre. Mi ci specchio dentro di continuo. Diceva:

> *"Non bella, nemmeno giovane, non mia.*
> *Dov'è ora quella che eri?*
> *E fino a notte alta suono quel motivo*
> *si spensero le stelle e si spense la luna*
> *il musicista smise di suonare le malinconie di stanchezza."*

È così che è cominciata la mia vita.
Perché la vita vera comincia quando sei faccia a faccia con qualcuno che ti era sconosciuto fino ad un momento prima.
Quello che avviene dopo l'incontro è solo la fine dei nostri silenzi. Se dessimo meno importanza agli incontri casuali, amicizia o amore non lascerebbero spazio nella nostra esistenza.
L'amore fuori stagione è una battaglia più cruenta. Più spietata.
Se perdi non c'è scampo.
Non garantisce tregua o pentimento.
E poi ho capito che per sfuggire al desiderio bisogna viverlo comunque; bisogna viverlo e poi dimenticarlo.

Junior non l'ho dimenticato. È ricordo ma è vita.

Se nella mia vita avessi voluto desiderare di incontrare qualcosa di vero e di bello, sarebbe stato come lui.

Fino al nostro incontro, il mondo aveva deciso di ignorarmi.
Sopravvivevo senza stupore. Senza amare.
E poi la mia esistenza è cambiata. Ho un toy boy che ha la metà dei miei anni e mi bacia. Tutto qua.
Lo chiamo Junior.
Lui: «Sii buona, non mi va di finir così questa cazzo di serata…». Insieme abbiamo preso la strada che porta verso la ferrovia e abbiamo continuato insieme a camminare. È stata una serata in cui il cibo era pessimo e i soldi nel piatto sul pianoforte, pochi.

CAPITOLO 3
Sessant'anni

I miei sessant'anni sono stati un lampo. Forse. O forse no.
C'è l'età emotiva. C'è l'età oggettiva.

Tifavo fino a ieri nelle file delle "perennials": jeans aderenti, pants di maglia a paggio cinquecentesco, pilates per tenere in vista la teoria del complotto del sedere alto fin sotto le ascelle.
Oggi giro con pantaloni larghi, maglie lunghe, camicette folk, scarpe comode.
Ma l'età e i destini si stanno mischiando.

Prima le storie d'amore le vivevo al cinema. Piangevo per le scene di sangue alla Tarantino. Avevo paura quando due maschi o due femmine si avventavano addosso.
Ma so che sono balle che non sono capaci di coinvolgermi davvero mai. Per trovare la vita, in queste storie, dovevo scavare di speleologia.

Vuoi sapere perché lo so? Perché lavoro occupandomi degli amori altrui. Perché uccido per diletto della platea, tradisco senza un pentimento. Racconto pettegolezzi e vivo di gossip.
I giornali scandalistici si nutrono del nulla e bamboleggiano la verità.
E l'amore va forte. L'amore è una storia come un'altra, facile da raccontare.
C'è un cattivo, un buono e in genere una che la dà a entrambi.
La teoria del "si dice", se raccontata bene, scala l'Everest.

I miei sessant'anni sembrano un'età esasperante.
Come quando da bambina guardavo la mia Barbie rimasta senza un occhio.
Per questo compleanno settembrino, una festa di consolazione è d'obbligo.
C'erano pochi invitati, niente cori, pochi brindisi, niente trenini carnevaleschi e niente lustrini, poche candeline.
Metterne sessanta accese contemporaneamente sarebbe come festeggiare la buon'anima.
Volevo musica poco fastidiosa. Niente chiasso. Un pianista.
Volevo musica per un cuore di sessant'anni. Adatta a una festa dal cuore tenero.
Noia era la tessera d'iscrizione.

Perché settembre è un mese triste.
Lo credevo.
Prima era solo quello dei fichi settembrini con il serpentello che morse Cleopatra; era il mese in cui Elvis partì per la naia togliendo al mondo mesi di follia rock'n'roll. E poi mi fa ricordare che in quel periodo, la sfacciataggine di una ragazza nera che si rifiutò di cedere il posto sul bus a un bianco, scatenò l'America.

"Ora sogna vecchia ragazza sogna".

Non voglio sognare più.

CAPITOLO 4
Settembre

L'avevo guardato un attimo passeggiare nel giardino davanti a me.
Aveva la giacca sgualcita sulle spalle. Si era riciclato come un ragazzo qualsiasi in attesa di un amore in ritardo o come un boxeur in attesa dell'avversario.
Una figura così. Che aspettava di suonare.

Junior, quella sera lì di settembre, sembrava essere inciampato in un momento di distrazione dalla sua vita: ci metteva un po' di cattiveria fra le note. Forse non voleva essere lì, in quel piccolo e squallido giardino con qualche albero e senza vento.
Sembrava un ragazzo pieno di energia ma svogliato, imprigionato in un locale di periferia dove si festeggiano eventi modesti come matrimoni in bianco senza vergini, battesimi di bimbi che sbavano sulla torta.
Dove si suona per festeggiare feste senza allegria, senza esultanza.
La performance art qui non arriverà mai.
La felicità e la pena sono pidocchi da dissezionare, ma senza pubblico.

Lo avevo respirato che c'era qualcosa di più in quello che vedevo.
Cadeva un po' di pioggia meridiana e la sua giacca era uno straccio senza più pretese di eleganza, per modo di dire. Le maniche troppo corte, la camicia piegata sotto il colletto.
Era uno spettacolo patetico.
Poi in due si sono messi a gridare «Dov'è la musica? Dove si

suona?».
La lampada appesa fuori, come un occhio di vetro, si accende.
Il piccolo giardino si illumina.
Ecco la musica e tutti applaudono. Anche se non c'è nessuna festa.
Oggi a Junior potrei dirgli: «Ti porti appresso la musica, ma poi non ti serve. Quelle che metti in scaletta non sono titoli di canzoni, ma nomi di donne che puoi portarti a letto. Un metodo che funziona sempre».

Qualcuno balla, il pavimento è appiccicoso. Un bignè alla crema è caduto e sembra merda di cane. Tu suonavi e intanto pensavi: «Sono uno capitato qui per caso. Loro avranno lo spettacolo, io mi faccio pagare per qualche ballabile. E magari trovo qualcuna con cui chiudere la serata».

Da come mi guardava il pianista ho capito che per lui ero scopabile, forse la terza nella lista tra le donne presenti.
Come se mi dicesse «Ti aspetto, ragazza, le altre due me le incarti per i tempi di carestia».
Come si fa con gli avanzi per il cane.

CAPITOLO 5
Ancora io

Era settembre.
E io e Junior eravamo come le centurie settembrine di Nostradamus che finiscono male.

> *Spaventosa guerra a l'Occidente s'appresta.*
> *Nel successivo anno la pestilenza dilagherà,*
> *Così micidiale e forte che giovani e vecchi e bestie colpirà sangue, fuoco, Mercurio, Marte, Giove.*

Quello che mi rassicura è la mancanza delle date.
Nostradamus dice che tutto dovrebbe finire per il 2137.
Boh. Sono più sicure le previsioni catastrofiche degli Incas.
Persino quelle in questi sessant'anni, i miei, dove la politica ci dava dentro con stragi, ammazzamenti e vite inconciliabili.

Sono nata con la possibilità di fare una qualunque scelta. Dalla ballerina al pompiere. Nasci come zero. È quello che diventerai dopo che potrà essere un miracolo.
Di reale c'è solo la vita. Finché c'è.
Eccoli i miei sessant'anni. E quando nasci e ti danno il primo schiaffo sul sedere cominci a capire che è il momento di scegliere quale musica ascoltare.
Persino fingersi di essere ciò che non si è, sarebbe già stupido a dieci anni, figurarsi a sessanta.

Sai cosa ho capito? Che non importa se i figli che farai nasceranno santi, devoti, buoni o teppe. Non ho mai trovato giusto questo pedaggio ereditato che poi sarai costretto a

pagare per il resto della tua vita.
Io ho sempre avuto la sensazione di pagare qualche colpa successa altrove e non so a chi.
Volevo fare la giornalista, raccontare casini altrui più che viverli.
Ho pagato comunque il prezzo del debito segreto. Un giorno lo chiesi a un prete che rispose: «Paghi quello che avresti voluto fare, pecchi d'invidia».
Che cazzata.

Alle feste di compleanno tutti fingono di giocare.
È il sovraccarico di un anno mediocre e senza storia. Forse.

In questo settembre che sta per finire, io non riesco a stargli dietro nemmeno con un racconto. Non è come in tv che cambi canale quando la storia non ti va e non la capisci.

Questo diario mi permette di vedere quello che è successo. E di non dimenticare. Che non si ottiene quello che si vorrebbe.

Per i miei dieci anni ricevetti in regalo un paio di scarpe rosse, bellissime. Ma la moda voleva le ragazze a piedi nudi, come facevano Françoise Sagan e Françoise Hardy, anche se nessuno pensa che le strade francesi siano più pulite di quelle italiane. Io, per essere alla moda come la Hardy, mi tolsi le scarpe e arrivai fino a casa con la cacca dei cani che mi faceva da calzino.

Le vecchie ragazze chiedono di essere come Lili Marleen ma io ho avuto la torta con le fragole e la panna montata con una sola candela e nemmeno un desiderio. L'unica frase che mi è venuta in mente è stata "non farlo più". Immagino che pensassi alla festa.

E poi qualcuno intona *Happy birthday to you*.

Forse sono le canzoni che decidono per la buona o per la cattiva sorte e decidono il successo di chi le canta.
Certe canzoni si devono evitare come il valzer delle candele. Possono essere letali per il matrimonio e beneauguranti per chi si ama.
Ho ballato un tango in un ristorante di Tel Aviv con un presidente che in quel momento mezzo mondo avrebbe voluto tra le braccia per amarlo e l'altra metà per ucciderlo. E non ha significato nulla. Avevo trent'anni ed ero bella.
Ho imparato a fare lo sci acquatico su un lago merdoso nel caso ci fosse da andare a raccontare qualche guerra di mare: in quel periodo combattevano tutti nei deserti.
Avevo preso persino lezioni di equitazione nel caso mi fossi trovata tra Toro Seduto e Naso Monco. Non ho avuto l'occasione di ballare con Travolta e tagliare il cuore di chi guarda.

Ma la musica che suonava Junior la sera del nostro primo incontro, mi sembrò che dicesse: «Perché invece di ascoltarmi non vieni qui e mi fai compagnia?».

CAPITOLO 6
Lui

Lui te lo racconto in *slow-motion*.
Segni particolari: nessuno. Solo il ciuffo di capelli che gli cade sulla fronte. Harry ti presento Sally. Invece ti presento Junior, un tizio che ha la metà dei miei anni.
Davvero non è successo altro in quel ristorante di sfigati con il vino acido e la pasta scotta? Suonasti una canzone dei miei tempi, o ancora più vecchia: Lili Marleen. Era un segnale.
Mi hai detto: «Vedi? La conosco anche se ho la metà dei tuoi anni e ti dico che mi piace ancora».

L'aveva suonata, ma al momento del dessert l'avevano dimenticata già tutti.
Davvero è andata così, io e lui.

Tanti piccoli particolari che in quei momenti sembravano niente. Un ginocchio che si tocca, il vino che cade, il tovagliolo appoggiato sull'inguine a nascondere una mano.
La musica che va avanti da sola.

Questo non può essere amore, ma non capisco cosa sia; che cosa può essere?
Siamo un ragazzo giovane e una vecchia ragazza che non hanno più il ritmo giusto per toccarsi le ginocchia, sfiorarsi la mano, toccarsi sotto un tovagliolo, guardarsi negli occhi.
Un sorriso scambiato come fosse un codice da decifrare: può essere amore questo?
La festa è triste come un rito. Inutile spiegare che la musica è un amico di passaggio che tormenta se non ti piace e che ti

ricorda se è bella.
La musica è tutto quello che ho. Almeno stasera. Come il tempo.
La musica stasera è il mio tempo passato, i miei sessant'anni; la musica stasera è il tempo da vivere. Da ora in poi.
Mi ritrovo a condividere sonno e liquore con gente che quasi non conosco.
Ascolto la musica; più la sento e lo guardo, più capisco che sto andando fuori di testa.

Tu: giovane trentenne, potresti cambiare la mia vita.
Non so come, ma vedo il profilo del tuo viso da ragazzo che ama le sfide.

In sessant'anni ho visto divertire il mondo. Da Topolino a Braccio di Ferro. Da Totò ai Puffi. Da Linus a Lurch. Ognuno aveva il suo spettacolo.
Il ragazzo che suona il pianoforte piace.

Qualcosa deve succedere. La musica…
La musica: è ancora *Dreamlover*, niente di più perfetto e mite per una festa di compleanno dove nessuno ascolta. E poi *Bye bye love* suonata con note di gesso alte tre metri.

Il gioco: per tutti, un desiderio da esprimere per ognuno dei dieci anni del festeggiato. Il mio vicino di scrivania mi avrebbe voluto baciare. Qualcuno confessa di aver svuotato il contenitore della Coca Cola. Certi ammettono di aver spiato dalla finestra due colleghe che si baciavano. Inutile fare i nomi. Lo sapevamo già.

Il mio desiderio: ballare con il pianista. Lui mi prende per la vita e respiro il suo odore. Avrei voluto di più.

Applaudono tutti (il giorno dopo ci avrebbero messo un un minuto per svendersela come scoop).
Il musicista: un ragazzo che ha suonato per me le note come le parole, mi concedo qualche ultimo (segretissimo) desiderio.

E poi l'ovvio: non voglio essere una patetica sessantenne con intorno amici che trovano bellissimi i miei anni.
Ogni tanto sogno persino che loro sono troppo vecchi per me.
Mi viene da ridere.

L'altro desiderio è che stasera Nani, il mio bassotto, non mi facesse pipì sulle scarpe perché sono rientrata tardi.
Per finire vorrei poter gridare: «Se in molti vedono blu i campi, sono degli anormali. Il loro posto è un manicomio. Ma se fanno soltanto finta di vedere quei campi blu, allora sono dei criminali e vanno messi in galeraaaa!».
Mi sento come un Picasso del periodo rosa circondata da tanti ammiratori pronti a giurare che sessant'anni è un'età meravigliosa.

Vorrei: vorrei che lui mi dicesse: balli bene.
Io: dici a me?
Lui: no, a Robert De Niro.
Io: ma come fai a capire quando una balla bene?
Lui: se non avessi studiato musica avrei fatto il ballerino.

Tutti giudizi di stanchezza. La mia fantasia è in fiamme.
La festa è finita. La musica no. Ho sessant'anni e qualche ora.

Con la musica sono nata.
Sono sempre stata convinta che la musica fosse aria e senza non si potesse respirare. Perché sono cresciuta di musica. Mentre bevevo il latte di mia madre ero sicura di immaginare

anticorpi che mi avrebbero protetto da ogni male.

Mia madre cantava canzoni d'amore e cuciva abiti fioriti. Mio padre suonava il contrabbasso. Mi insegnò a leggere le note a sei anni.

Conoscere la musica mi dava una voce in più. Sapeva a memoria tutti i libretti d'opera.

Mi misi in testa che Tosca si era buttata giù da Castel Sant'Angelo perché Scarpia l'aveva sentita cantare e non era intonata.

Credo che se quattromila anni fa Aida avesse avuto un buon maestro di canto non sarebbe stata murata viva in qualche sarcofago. Penso che la poco seria Violetta facesse aperitivi per signori annoiati e che li allietava insegnando loro strofe osé. Come oggi succederebbe con le canzonacce dell'osteria numero uno, che si cantano per scandalizzare.

E se Mimì avesse cantato "che gelida manina" non sarebbe ancora viva?

Mio padre mi lasciò libera di uccidere la musica e di far morire le eroine, purché la musica fosse la mia ambizione femminile.

Ho visto sei volte il film *C'era una volta in America* non perché considerassi regista e attori indimenticabili. Ma c'è un momento che vale tutto il film e che ancora mi fa piangere. La bambina balla mentre il ragazzino mocciso la sta spiando da un buco nella parete, partono le note di "Amapola", e quella bambina vanitosa danza. Ogni nota è un momento di grazia.

Ogni momento di grazia è il concentrato di ogni lolitismo visto al cinema.

"Amapola" significa un fruscio di gonna alzata e di lampo tirata giù.

La stessa impressione che provava mio padre quando suonava un'altra sua verità in musica: Lili Marleen. Me l'aveva fatta imparare in tedesco:

"Vor der Kaserne
Vor dem großen Tor
Stand eine Laterne
Und steht sie noch davor".

Mi chiedo che cosa ci fa un ragazzo che conosce una puttana da guerra come Lili Marleen in una serata per ubriaconi invecchiati, a una festa malinconica per sessantenni?
Mi aveva fatto cenno con la testa per dire «è tutta per te».

Devo mettermi d'accordo con me stessa. Sono una donna che si difende dai sentimenti; Junior è diventato una dissonanza finale. Il mio pensiero si rompe.
Lo amo.
Lo amo. Lo so e lo capisco di colpo, è come uno schiaffo.
Amo la sua valigia sempre pronta, gli spartiti che non ho mai ascoltato, la sua musica che giace fredda e silenziosa.

Lui usa la musica come un universo: con la musica sembra voler compensare la mancanza di qualcosa di più alto. È Beethoven, silenzio in sala; non è il ballo di San Vito. È la nostalgia di Springsteen, è Prince che canta con le palle strizzate, è l'algido Sting, è la tristezza di certi Notturni di Chopin.
Sulle battute consunte del pop da sala, fra antipasti e birra, il sipario nemmeno si alza.

«Buon compleanno, signora», mi saluta con la mano. È l'alba.

Se chi mi conosceva allora oggi mi incontrasse, direbbe «non sei cambiata». Ma non è così.
Sarebbe una considerazione fatta da uno che non vede bene. I distratti vanno molto di moda tra le signore.

«Quando hai bisogno di me fammi un fischio», così Boogie era stato fedele a Lauren fino al cancro che gli aveva tolto la voce. "Suonala ancora Sam", suonala a me che non ho gli occhi viola e che Boogie potrebbe essere mio nonno. Forse è meglio essere Lili Marleen, meno drammatica e con il lampione spento. O è troppo tedesca e troppo fascista? Ma le sue gambe sono quelle dell'Angelo Azzurro.

CAPITOLO 7
Noi

Ache il nostro noi te lo racconto in *slow-motion*.
Ho malinconie di feste finite e non so rassegnarmi ai miei sessant'anni.
Forse senza saperlo, sono sempre stata "giovane". Ma se è un problema connesso con la libertà, posso illudermi di essere sempre stata anche "vecchia".
La festa di compleanno è stato il momento in cui sono stata più vicina alla riunione nei momenti belli o peggiori.
Stasera i miei sessant'anni sono una palla al piede. Ci saranno dei momenti alterni, ma mobili e teneri. Stiamo andando verso il parcheggio. «Non avevi mai pensato che si potesse ricantare Lili Marleen come Michelle dei Beatles».

Lui: ti ho spiazzato con una canzone guerrafondaia come Maramao perché sei morto. Nemmeno mia madre le avrebbe ricordate.
Io: mi hai stupito. Non è un repertorio da festa di compleanno.
Lui: hai fatto una faccia da Coniglio Bianco. Sembravi sul punto di scappare.
Lui: due anni a suonare a Berlino. I tedeschi quando sono fatti di birra tendono alla nostalgia.
Io: mi aspettavo una serata al liscio, o al trenino idiota, o qualche canzonaccia da gita aziendale.
Lui: La musica è unisex. I figli dei tuoi colleghi vanno già oltre il rap.
Io: questa è la mia macchina. La tua dov'è?
Lui: non ho una macchina, vado a piedi. Lo sai che i tuoi amici volevano pagarmi per accompagnarti a casa? Pensavano a un

dopocena.

Mi sento fuori luogo. Lui ride.

Non vuole più stare nella stanza pidocchiosa dove vive, parla di tornare a New York. Ulisse sogna la sua Itaca. L'origine della sua malinconia.
Fallo, dico io, vai dove vuoi andare, torna nell'ambiente da cui sei uscito.
Vai verso quello che per te è *il mondo*. Salvati.

Ho esaurito la pazienza e ciò che resta della mia giovinezza.
La perdita di una mano che non mi accarezza più cancella i discorsi migliori, quelli fatti dopo l'amore. Sembra che parli continuamente di andare altrove, di come fuggire da queste serate da elemosina. Da me vuole essere incoraggiato. Poi dice che vuole essere persuaso a non partire.

Mi sono innamorata quando il pianista ha attaccato la colonna sonora del film più brutto di Tarantino.
Mi sono innamorata della musica di Morricone. Della carrozza che scivola sulla neve e raccoglie per strada vagabondi, assassini, tipi misteriosi. E intanto il pubblico prepara il campo di battaglia. Una serata di amici amanti della musica.
Poi Junior vide Bambi e si spaventò.
È un colpo di sole. Un lampo.
Oppure una continua successione di caldo e di freddo. Magari una espressione strana, un particolare indimenticabile. Il suo colore degli occhi, un modo di sorridere, piccoli avanzi di un pasto d'amore che hai consumato in una vita.
Scegli e scarti piccoli gesti, un modo di accarezzare i capelli, un modo di baciare.
Raccogli frammenti, come se un bacio appassionato si

firmasse in un modo unico e diverso. Ricordi di tutti i baci dati e avuti.
Nulla ha potuto svelare quella rapida lama di luce. È stato tutto così rapido che in sessant'anni mi si è attorcigliato intorno come la pellicola di una vita. Quel lampo di luce di occhi profondi, un sorriso sbilenco ma per finta, le mani che scorrono sulla tastiera del piano mi rivelano tutto.
Mi sembra di aver dimenticato la melodia, l'insieme del suono e sono avvolta dal silenzio.
I miei sessant' anni sono stati un lampo. Frammenti di una melodia dell'onda o del caso. Forse. La loro realtà dura da tanto tempo. Viene dalle zone entusiasmanti della fantasia. Nulla si è perduto. C'è un'età emotiva. C'è l'età oggettiva. Io sono a metà strada.

Me lo sono chiesto. Potrei chiederlo anche a te. Come puoi essere una cosa così e amare qualcuno che ha la metà dei tuoi anni?
Stiamo parlando di un segreto o di una vittoria?
Un segreto c'è: non mostrare mai che sei troppo felice.
Ti rideranno dietro, diranno che hai un toy boy e pretenderanno lo spettacolo della vecchia che si fa i ragazzi. Roba da reparto psichiatrico.

Junior e io abbiamo la stessa probabilità di amarci di Romeo e Giulietta.

Sono stata una bambina senza capricci. Con un padre e una madre che mi amavano e si amavano. Tanti momenti di felicità che per contarli ci sarebbe voluta una clessidra grande come il Colosso di Rodi.

Per ricordare bisogna avere in testa storie importanti.

CAPITOLO 8
La musica e l'amore sono lame

Non ho bisogno di un Grillo Parlante che mi suggerisca cosa non fare.
Lo so da sola. Se soltanto lo vorrò, ci sarà sempre la barocca scusa della volontà.
È l'istinto a rivelare come sono diventata.
L'istinto non mette ragione ai filtri dell'età.
L'istinto è uno specchio rotto, porta iella.
L'istinto non dovrebbe lasciarsi fottere da uno che suona Lili Marleen come suonerebbe Claire de Lune.
L'istinto non fa il paraculo solo quando sorride come per dire «Ragazza, lo so che il rap ti fa vomitare».
L'istinto mi ha portato fuori dal ristorante con il viso stropicciato e un musicista sfigato.

L'istinto è anche una curiosità che mi riporta il giorno dopo al ristorante con un collega gay e speranzoso per qualche incontro fortunato in amore.

«Peccato» dice l'amico «è un ragazzo pieno di talento. Lo spreca in posti come questo da quando la sua ragazza americana l'ha mollato per tornare a New York. Suona ancora per lei».

Peccato. Ora so che non suonava Lili Marleen per me.
La musica e l'amore sono lame.
Chi non ha più trent'anni cerca di darsi da fare per riviverlo.
Ti chiedi come hai amato da giovane. Come ho amato io?

Io: fai anche l'accompagnatore di vecchie signore sole?
Lui: se capita, perché no?
Io: allora perché non hai accettato i loro soldi?
Lui: avevo capito che balli bene e che conosci l'Angelo Azzurro.

Io ho sempre visto l'amore da single. Io e l'amore non ci siamo mai incontrati.
Quando ho sentito suonare Junior, mi sembrava di grondare ego da tutti i pori.
Avevo scoperto qualcuno che faceva qualcosa nel miglior modo del mondo.
A me la sua musica è piaciuta. Vecchia un corno!

CAPITOLO 9
Sei mesi fa Junior e io

Quando ci siamo incontrati, sei mesi fa, i suoi desideri erano suonare come un Dio, avere una camicia blu d'Egitto e un biglietto per New York.

Lui aveva salutato una ragazza americana che, dopo un anno di vita in comune in Italia, lo aveva mollato per ritornare nella Grande Mela.
Lei se ne era andata; da allora lui aveva arrancato per un anno al buio in compagnia dei suoi peccatucci perversi da gigolò sfigato.
Con me glorificava quell'addio raccontando il divertimento che aveva provato nel bruciare tutti i ricordi di lei, fino all'ultima foto che gliela potesse ricordare.
Non fare di lei un problema, mi ripeteva: i lineamenti svaniscono.
Ma quando mi ha chiesto di tingermi i capelli, ho capito che la sua donna ideale era bionda. E quella lì non ero io.

Ma per lui mi costringo a diventare bionda. Che diavolo mi importa quando Junior mi sta vicino? Che mi importa dei suoi trent'anni e dei miei sessanta?
Siamo carne e sangue. A lui non ho mai chiesto nulla. Nemmeno l'età.
Senza nemmeno un sorriso si slaccia i polsini e comincia a battere sui tasti del piano. Come a dirmi «seguimi e sarai felice».

E così la mattina mi ritrovo con un ragazzo sconosciuto nel

letto.
Io: non essere crudele quando mi lascerai.

Sento la tua giovinezza come fosse un profumo. Rispetta il mio spirito di sopravvivenza anche se ti sembrerà cattivo.
Non umiliarmi quando cercherò di difendermi.
Non darmi una pacca sulla spalla se dovrò perdonarti.
Non pretendere i miei sorrisi se mi tradirai.
Non meravigliarti delle mie lacrime quando mi umilierai con la tua bionda ossessione che si chiama Silent.
Non pretendere di diventare il mio Dio.

CAPITOLO 10
Silent

Junior e Silent (si fa chiamare così la bionda ossessione di Junior).
Voglio la verità? Anche se toccherò il dolore con tutte e due le mani e con il cuore. Voglio conoscere la storia di Silent e Junior.

Testimone uno: "Dicevano di essere appena arrivati dall'America. Non so perché erano arrivati in un paese di poche anime. Si erano subito abituati ai cavalli, alle mosche, ai bambini.
Le donne erano gelose di lei, poi fecero amicizia.
Era gentile, insegnava l'inglese ai bambini. Ogni mattina andavano in città, lui suonava l'organetto, lei cantava. Una miseria per vivere.
Raccolsero un cane senza nome. Lo chiamarono Silent, perché non abbaiava. Poi anche lei volle essere chiamata così. Sembravano molto innamorati.
Junior accettava la solitudine in cambio di un pasto caldo e di un letto sicuro.
Era come una malattia.
Musica e il peccato si sono mischiati e dispersi tanto da non arrivare mai su un palcoscenico.
Chissà dove sono finiti tutti i ragazzi illusi come Junior che suonano per Brooklyn, che a fine concerto non sanno se raccoglieranno monete o si butteranno da un ponte.
Come erano arrivati fin lì, da così lontano, non lo abbiamo mai saputo".

L'America raccoglie tutti, poi ti mette alla prova, sceglie.
Questo è il senso e il riassunto del mondo. Anche di quello cattivo.
Consuma e rumina gente per farne altra terra fertile. La sua grandezza generosa è l'universo civile malato che cerca una cura frugando fra la spazzatura del mondo.
Io amo Las Vegas più di New York. Una volta sono stata sul punto di sposarmi lì in una bomboniera color confetto, dove un venditore di auto usate vestito come Elvis Presley si era offerto di farmi da testimone per cento dollari.
A Junior vorrei dire che sono troppo vecchia per quei ragazzi che morivano per la musica e la droga. L'America è solo un viaggio infinito, che non comincia e non finisce mai. Ma mi inchino alla profondità dei suoi patimenti e delle sue nostalgie.

Lui ha pianto sulla tomba di Jim Mirrison a Parigi, in memoria dei Doors.
Lì a Junior hanno rubato le scarpe mentre dormiva e girava scalzo; in tanti hanno pensato che fosse la stravaganza di un musicista italiano di strada. Poi gli hanno regalato le scarpe più belle che abbia mai avuto.
Era generosità per lui, non per la sua musica.

Anche io ho visto il Potomac e ho conosciuto i suoi poeti, ma ora per lui sono l'unico pezzo di mela per vivere.
Sono l'unico posto da cui può raccogliere applausi.
Non so perché non riesco ad allontanarlo dall'immagine di Forrest Gump seduto sulla panchina alle prese con la scatola di cioccolatini, e dopo averli contati batte le mani continuamente.
Quella sera sapevamo che per arrivare al parcheggio, bisognava attraversare una foresta di oleandri profumati.

Tra gli oleandri in fiore c'erano i nostri passi lenti e il suo «ti accompagno».
È così che io ho raccolto te, un soldato ferito, e l'ho messo nel mio letto.

Testimone due: "Erano due ragazzi che si amavano. Non avevano niente, nemmeno il cambio della biancheria. Lei andava in giro vestita di bianco e con un pentolino in cerca di qualcosa. Dolcetto o scherzetto? Meglio se erano soldi. Ma anche il cibo andava bene".

CAPITOLO 11
R.S.V.P.

Ai concerti di Junior il pubblico può tossire, far squillare i telefoni, scartare caramelle.
È vera democrazia di un concerto dove l'interruzione è sempre accidentale.
Perché lui vuole che sia così.
Lui vuole che io stia lì.
Non cerca pubblico, ma solidarietà.
È pallidissimo, fragile, chiuso nella musica.
Si piega sul pianoforte come se in ogni nota cercasse la sofferenza, la tortura, la punizione per la sua disfatta. La sua musica è il più avvilito monumento alla delusione.

Fingo di ignorare la sua ansia. E invecchio ancora un po', tra due pensieri: il rimpianto per non aver trovato l'uomo dei miei sogni e il conto di quanto avrei risparmiato in biglietti, *pop corn* e hamburger se qualcuno avesse pagato per me.
Questa idea ripetuta, muta e un po' pidocchiosa torna ogni volta che guardo Junior mentre suona con una maschera cattiva sul bel viso.

Se la musica è per lui come il sangue, dovrebbe vivere nella macelleria di Quentin Tarantino, fra sicari che mozzano mani e sgozzano chi parla.

La vita è un mucchio di cose, frattaglie dei miei sessanta anni e un po' meno nei suoi trenta.
Ma mentre accompagnavo il pianista sfigato, il destino o un dio qualsiasi mi aveva messo in tasca un biglietto spiegazzato.

Leggo una parola. PERSONALE.
Non so ancora se dare una risposta al destino, a un dio o al poeta che l'aveva scritta. RSVP. Un giorno dovrò farlo.

Io: dove sei alle cinque della mattina?

CAPITOLO 12
J

Junior va, viene, sparisce, poi torna: dico che quello che succede quando si allontana non deve farmi male. Non dovrei considerare tradimento se fa il gigolò, se mente su dove ha passato la notte.
Ma sto come si sta quando il boia ha stretto bene i nodi della corda intorno alle mie mani.
Sono la donna delusa in attesa del bacio di qualcuno.

Oggi è il 16 ottobre. È giorno di una breve tragedia in tre atti divisa per immagini.

Atto primo: Minerva Jones, la poetessa del villaggio, fischiata, bullizzata *"per il mio corpo pesante, l'occhio storto e il peso rotolante"* (*Spoon River* senza l'ausilio del caffè).
Atto secondo: uno stronzo che galleggia nell'acqua del mio water dopo cascate d'acqua.
Atto terzo: lunga ricerca di un mouse dell'astuto Enghert che costruì il topo più famoso di Micky Mouse. Nani lo ha rosicchiato come se avesse visto in lui un nemico da battere.
Atto terzo bis: vorrei che qualcuno ritrovasse Junior e lo riportasse a me.

Il mio cervello stanco vuole stare con lui.
Vado da lui.
Parcheggio nel piazzale della stazione ancora vuoto.
È l'ora successiva alla notte. I viaggiatori sono i provinciali che accompagnano i figli a scuola.
(Il presente si somiglia sempre. Ecco com'è triste la vita).

Ho le mani strette come a colmare il vuoto.
C'è meno silenzio di quando sono venuta qui la prima volta.
Quando è stato? Un secolo fa e una primavera fa.
Ma questa bruttezza si somiglia sempre, è difficile da confondere.
Cammino lungo i binari con l'erba che comincia a seccarsi per il freddo. In posti come questo la primavera arriva più tardi.

Busso alla porta, nessuno risponde. Ho in mano la busta con la colazione vegana pronta per Junior.
Mi siedo sul gradino terroso e tutto si raffredda. Un cane passa e si ferma per annusare. Ha fame e sente gli odori delle frittate di ceci. Fame e cibo come cemento che a qualcosa serve.

Junior non c'è: uscito, scappato, evaso, andato.
Io resto con il cibo che il cane mangia a piccoli bocconi.
Non so se esistono cani vegani. Ma sono sicura che esistano cani affamati.
Quando ha finito, odora le mani e lecca con la lingua calda. Colazione completa.
Mordicchia le dita, un po' di coraggio da randagio di cuore.
Tutto si riduce a quello che lui ha avuto e che io non ho avuto.
Junior sta arrivando a passi lenti. Riconosco il giaccone con tante tasche. Non mi ha visto.
Mi nascondo dietro il cassone pieno di calcinacci. Butto il sacchetto vuoto e cammino lungo i binari. Raggiungo la stazione. Ho fretta di arrivare a casa.

Ogni volta Junior mi meraviglia, ma non mi stupisce.
Perché sono venuta a cercarlo? Mi sembra come sempre di aver cercato l'amore in un mondezzaio e di essergli soltanto passata accanto.
Ognuno è andato per la sua strada.

Perché continuo a farmi male? Junior è l'alternativa alla mia vita vuota.
Stessa ipocrisia verso la bionda americana che ci castiga.

Non ti muovere. Resta fermo.
Vediamo chi è il più forte a giocare a rubacuori.

CAPITOLO 13
Ghost

Ficco le mani nel fango, ancora.
Ma so che per ognuno la verità va forte anche se bamboleggia, quasi come in un giallo con delitto.
C'è sempre un cattivo, un buono e una tipa strana che la dà a entrambi.
Chi la ama la uccide con l'aiuto del maggiordomo. È la teoria della lotta per la vita.
Io ficco il naso e cerco.
Ma è Ghost a trovare me e a ravanare nella mia vita.

Un dettaglio si aggiunge al bagaglio di faccine e parole sul mio computer acceso sul tavolo. Scrive ancora PERSONALE, come una firma.
PERSONALE. Nient'altro. Difficile capire lo spirito di questo Ghost.

Testimone tre: "Erano due ragazzi sbandati, finiti qui chissà perché. Rubavano tutto quello che poteva servire: dentifricio, mutande, abiti per cambiarsi. Lei era affettuosa. Seppi che era incinta, ma il bambino non nacque. Lui diceva che erano due studenti italiani per un viaggio di studio. Li ospitai per qualche mese, ma mi pentii: lei faceva tante docce, consumava litri d'acqua, ma se glielo facevi notare fingeva di non capire. Per prudenza mi tenni i loro passaporti. Lei si chiamava Virginia, lui Sergio. I cognomi li ho dimenticati.
Lei cercava sempre il fumo, diceva che era per il suo ragazzo. Pretendeva di cantare, era un karaoke molesto.
Era sempre appiccicata al suo pianista, non lo tradiva mai".

Lei è stata l'eroina di Junior. Amen.

Junior ha una scorta di erba della miglior qualità nascosta nel cruscotto dell'auto.
Se lo fermeranno per un sorpasso me lo riporteranno a casa, tenendolo per un orecchio come si fa con i ragazzi che scappano di casa.
«Questo è suo?» Mi chiederebbero.
«Certo che è mio, senza nemmeno un dubbio».

CAPITOLO 14
Non parli non respiri

«Non parli, non respiri», dice il medico che mi visita. Una parolina rococò se non volesse dire che perdo sangue dal naso. Forse la violenza con cui Junior mi aveva tirato indietro la testa il giorno prima ha lasciato il segno.
È il tempo dell'amore violento.
Arrivo al giornale con il tampone nel naso. Dalla parte del cuore.
Tutti pensano che il ragazzo picchia sodo e ha le mani forti.

«Non ti muovere, lascia fare a me», dice Junior mentre mi solleva come Ercole.
Le sue sono attenzioni inutili e bugiarde.
L'infelicità è dentro, in quei trent'anni di differenza tra me e lui.
Ora sono quella parte debole del genere umano da salvare.
Come i bambini, gli storpi, gli orfani, i popoli in guerra.

Torno da lui. Sulle note di Sinatra sono rimasta nella piazzetta deserta e tranquilla davanti a casa sua.
Verso la fine della nottata era venuto un barbone con un buffo cappello in testa e un borsone pieno di stracci. La notte dorme in un giaciglio di foglie, nascosto da un cespuglio di mirto. Quel mattino sarebbe stato ancora lì.
Mi sveglio con un sordo brontolio dello stomaco. Junior non è tornato, non mi ha cercato.
Sono stanca della veglia al freddo in quel merdaio e salgo in macchina.

Dove può essere andato uno che ha solo 50 euro in tasca?

All'alba c'è grigio dappertutto. Le stazioni ferroviarie hanno sempre l'aspetto di luoghi non finiti. Una montagna di rifiuti, vecchi giornali, avanzi di cibo, siringhe, preservativi.
Poi vado nel viottolo verso la tana dove il lupo porta le sue prede.
Ci sono luoghi dove la bellezza non si ferma mai, guarda schifata e va oltre.
Busso a un portone sgangherato. Quando Junior mi apre quasi nudo, non vedo più la bruttezza che c'è intorno. Che ci fai in questo inferno?
Ma ce lo chiediamo a vicenda.
La stanza è poco più di una cella. Il letto è un sacco a pelo buttato in un angolo.
Capisce che l'ho aspettato al freddo tutta la notte. Mi abbraccia e sento il calore che passa da lui a me: quando sei disperato l'amore è una medicina. Mi prende senza nemmeno spogliarmi. Per il freddo e per la fretta.
Il cielo è grigio come la lama di un coltello.
L'autunno rende infelici, non regala miracoli al panorama. Non lo sa fare nemmeno l'albero stento che si vede da dietro il vetro.
Fine dei giochi cattivi o dei rimproveri. Nemmeno per dirgli: ti ho visto.
La mattina si sveglia per parlarmi. «Mi ami o non mi ami?». La domanda mi strangola.

CAPITOLO 15
Respiri

Silent ha i miei capelli addosso.
È Silent che ti ha iniziato alla coca?
Cerco in lei un difetto. Voglio convincerlo a non amarla più nemmeno nel ricordo.
M'ama o non m'ama, la margherita di lei sul lettone a tre piazze per accogliere il fantasma della bionda che non si vede, ma che esce ogni tanto per tirarmi via da Junior.
Confronto la mia vita solitaria, senza la vaga idea di quello che mi aspetta.
Ecco cosa sono i miei sessanta anni. Una vecchia Barbie alla quale hanno strappato un occhio. Per sfuggire alla noia serve una tessera d'iscrizione.
Al massimo una torta con fragole a una triste festa di compleanno. E una candela che non si vuole accendere.
Dopo aver visto quella sera il ragazzo che suonava, non sono più tornata indietro.

Junior parla solo di musica.
Come inganna, l'orecchio! Passa da Chet Baker all'ultimo dei rapper per il quale prevede un futuro come star della pizza al taglio. Quel pubblico delle sue serate lo fa entrare in paranoia.
Bisogna ascoltarlo in silenzio quando suona *Sign o' the Times* con l'ombra di Prince che gli pesa addosso, mentre i pochi presenti sembrano dire «Non ci seccare!».
Ma Junior è in camicia bianca e gilet nero, con le mani più belle che avessi mai visto. L'io è chiuso nel regno della musica.
Basterebbe un regalo per consolarlo? Un orologio, per

esempio. Che io sappia non ne ha mai avuto uno.

Non è più soltanto un regalo, è un mio organo personale che voglio porti addosso sempre.

Un piccolo tesoro che gli ridia forza, un dono della mia devozione.

Bello, dice quando glielo metto al polso, ma non potrò suonare, mi dice che gli blocca la mano. Lo terrà in tasca come un fazzoletto moccioso, come i 50 euro.

Mi ringrazia lo stesso e a nessuno dirò mai come buttare giù una delusione. Brucia come un pugno duro.

Non è solo falso pudore o ingratitudine. È come una specie di cattiveria, un mal di denti che mi impedisce di prendere l'orologio e buttarlo via.

Qualcosa mi frena. Qualcosa mi fa male, non so dove.

Ho pagato il mio gigolò musicista, ma ho sbagliato regalo.

Avrebbe voluto una mancia più grossa: forse i toy boys sono voraci.

CAPITOLO 16
Ancora lei

Silent risponde da lontano al musicista deluso.
Copia Edgar Lee Masters e stana la scontentezza del suo ex ragazzo.

> *"E tutte le mie speranze per il mondo,*
> *E tutti i miei credo nella Verità*
> *Si fusero nel calore accecante*
> *Della mia devozione per te*
> *E si plasmarono nella tua immagine."*

È questo quello che mi manda a dire Silent, me lo scrive.
Magari lo fa mentre si riveste e pensa a lui.
Ma non basta uccidere i poeti per trovare vendetta. Quelli che lei scomoda sono poeti già morti e sepolti a Spoon River.

Voglio tornare a casa. Chiudo la porta senza nemmeno accendere la luce.
Junior mi insegue. Sento lui che urla per le scale e si attacca al campanello.
Questo è il mio Fort Alamo, toy boy del cazzo.
Voglio che mi odi come facevi con lei quando ti lasciava fuori per portarsi a casa altri uomini.
Ora stiamo al gioco alla pari. Anche se il mio domani sarà più breve.

Dopo quante prove il cuore umano di una donna innamorata si può rompere?

Cosa succede quando bussano forte alla porta o quando il telefono suona e ti sveglia?

> *"La strada per arrivare al cuore*
> *Di una donna che ha sbagliato direzione*
> *Incontra spesso giovani animaletti*
> *Basta riprendere la strada*
> *Che si perderà senza indicazioni".*

Silent mi manda un altro messaggio difficile da decifrare.

Sono di nuovo sola.
Mi dicono che lui è troppo giovane, scapestrato. Mi consigliano di rifarmi una vita.
Ma io voglio questa vita e non un'altra.
Da sola. I primi due giorni sono i peggiori.
Gli altri: ma quando è successo?
Io: è successo, una lite e addio.
Gli altri: dunque, pensi che tornerà?
Io: non lo so.
Gli altri: meglio così. Pensaci, certi strappi servono, te ne accorgi dopo. Pensa che non è colpa tua. Sappiamo che ce l'hai messa tutta. Comunque sapevamo che non sarebbe durata. Lo si sapeva da subito.
Io: ora lasciatemi un po' in pace, andrà come andrà.

Intanto sono attenta al rumore di ogni porta che si apre.
Per due giorni l'ho seguito in macchina, lo stesso itinerario.
Lo so, sono ridicola.
Peggio di quando ho trovato il numero del telefono di una lei e mi sento rispondere una vocina da fata.
Ho appena il fiato per dire che ho sbagliato numero.

Cosa fa lui senza di me?
Il contrario di quello che era successo tra Paolo e Francesca.
Me lo immagino com'era venuto. La camicia stropicciata, le tasche vuote, stanco dopo il sonno in un sacco a pelo abbandonato sul pavimento.

Chissà se il ciliegio fuori dalla porta della sua stanza ha fatto dei frutti.
Se devo scegliere un posto per augurargli tutti i dolori che mi ha fatto provare, questo sarebbe l'ideale.
Stona il ciliegio, ma è l'unica voce gentile per un poema disperato.

Ho mani da vecchia. Segnate dagli anni e dalla fatica. Eccola la mia inadeguatezza.
Lui può rallegrarsi della sua camicia sgualcita, della sua giacca sfilacciata. Potrebbe mostrarle con orgoglio, senza vergogna.
«Non ho niente che valga qualcosa, né soldi né una cosa eppure sono felice perché torno dalla donna che mi ama».
Io nascondo le mani, il vestito mi stringe sui fianchi, il collo ha una ruga da tacchina in più, dovrei essere felice perché l'uomo che amo è tornato da me.
Eppure darei tutto questo per vent'anni di meno.

Io: mi prometti che non lo farai più, vero? Me lo prometti?
Lui dice di sì e si porta il mio dito alla bocca. Sì, vorrebbe dire, e intanto mi tocca il seno. Un gesto così infantile e così ripetitivo che è impossibile pensare di averlo dimenticato.
Lui: posso restare da te stanotte?
Io: lo sai già.
Lui: niente veglie per interrogatori notturni?
Io: non servirebbe a niente. Cosa credevi di ottenere da tutto questo casino?

Lui: cosa intendi per questo casino? Siamo qui perché lo voglio e perché lo vuoi anche tu.
Gli prendo le mani e bacio dito per dito.
Mi bruciano gli occhi per le lacrime. Non è un problema sedurmi.

Ora basta con gli stracci. Il giaccone di Junior è sfilacciato sui polsi e non lo ripara dal freddo. L'orologio non è bastato a consolarlo.
Che miracolo sarebbe se anche un sognatore sfigato come Junior ritrovasse sé stesso e capisse che vivere bene è il modo migliore per superare la sconfitta? Ma il regalo di una donna, quando non possiedi niente, può chiamarsi mercimonio o marchetta?

Un negozio di pelletteria è un elegante obitorio di animali. Entri e senti il ricordo della foresta, il rimpianto della natura ferita, l'omaggio del sangue di qualche animale alla vanità di chi compra l'oggetto: sono carcasse di creature che sono state uccise.
La commessa gentile decanta qualità e prezzi. Si ferma su un giaccone di pelle.
La taglia, prego. Ma io non la conosco. L'unica misura di Junior che conosco è quella delle sue braccia. Lei insiste: suo figlio è molto alto? Sì, penso, il mio ragazzo è molto alto ed è magnifico. Ti piacerebbe.
Sì, è molto alto e ha bisogno di un numero infinito di tasche. Tante quante possano contenere 50 euro.

CAPITOLO 17
Un messaggio da NY

Silent: fredde stelle del cielo di New York mi guardano stasera. Che cosa ho fatto di male? Ho ingannato e abbandonato qualcuno che amavo.

Il messaggio di Silent è sul mio pc.
Quel messaggio ha percorso un lungo viaggio e mi ha colpito come una sberla.
Anche Junior legge il messaggio.
Possibile che il mio amore venga deriso da una poetessa del cazzo?
Capisco soltanto che è per lei che lui sogna New York. Come se fosse un fermo immagine dall'altra parte del mondo. Ma i vent'anni di lei pesano e mi fanno sentire vecchia.
Tutto torna a un anno fa e alla schiuma da barba.

Non c'era nessun segno particolare sullo specchio. Solo due lettere, separate da un punto. S. C. S. vuol dire Silent, che è un nome da strega.
Che viene ripetuto, scritto, accarezzato come per gioco. Il gioco del chi sono, chi siamo, del chi è. Ma tutto affoga nella schiuma da barba.
Lui si aspetta che gli prenda il viso fra le mani e lo baci come si fa per consolare qualcuno dopo una partita persa. Ma non lo faccio.

Lui: ricordi quando sono sparito per due giorni? Avevo chiamato Silent perché era il suo compleanno e non volevo

che restasse sola. Il mio telefonino era scarico e ho usato il tuo. Ecco perché ha il tuo numero.
Io: che cosa sa di me?
Lui: che mi ami e ti prendi cura della mia vita. Sembra poca cosa, ma forse è troppo.

È un combattimento impari. Una donna di mezza età e un toy boy nostalgico con una ex che non vuole essere dimenticata.
È freddo fuori. Il giaccone di pelle lo abbellisce come un fiocco su un pacco regalo. Silenzio a tema. Guido verso casa come se avessi addosso una camicia di forza.
Mi dico: tieni duro, non morire quando ti dirà che torna da lei.
Mi sembra di vedere FUCK scritto sul mio parabrezza con della schiuma da barba.
Vorrei tanto essere io a scrivere FUCK sulla bella schiena bianca della poetessa del cazzo. Nemmeno l'estetica mi fa tornare giovane: fianchi, profilo, seno. Forse è questo il messaggio di Silent.
Il mio tramonto è il suo giorno.

> *"Vorrei che chi mi guarda mentre ballo fosse più gentile,*
> *invece sfogano su di me la loro rabbia oscena,*
> *vorrebbero punirmi perché sono giovane e bella.*
> *Non sarò mai vostra.*
> *Vorrei che una sera venisse a vedermi un John Smith qualunque*
> *che mi disegnasse bellissimi girasoli sui seni, o un giudizio universale sul culo*
> *senza la tentazione di dare un senso osceno al dito di Dio.*
> *Lasciatemi respirare, non sono un microbo".*

Non siate cattivi con lei per la sua giovinezza e i suoi capelli biondi.

È questo è il mio messaggio per Silent.
Sono diventata la rivale invidiosa in controluce che difende l'altra lontana.

Il mondo, il mio almeno, non ha più bisogno di storie da raccontare. Ho soltanto bisogno di qualcuno che mi abbracci per consolarmi. Senza mentirmi.
I sentimenti muoiono nel momento in cui riusciamo a vederli per quello che sono. C'era questo stesso cielo grigio, nuvoloso e mite, il sole delle poesie tristi della Merini.

Perché l'alta marea si preoccupa tanto di salire e calare? Tutto nasce dalla fantasia dove nulla si perde. È rimasto qualcosa da scoprire del nostro mondo amoroso? Del nostro mondo a due? Gli anni cambiano la vita e il girovita. Ma un pensiero carino come questo di Junior è una stella in più nel cielo.
Lui pensa che ogni tanto io muoia. Dice che smetto di respirare e lui può contare fino a trenta prima che torni a farlo.
È il guardiano delle mie apnee notturne. Deve essere orribile l'immagine di una morta che spalanca la bocca per cercare l'aria.

Lui: dovresti occuparti un po' del tuo cuore. Il mio cuore è il tuo. Passa l'angelo della sfiga e dice amen. È il preludio a un addio?
Penso a Silent, immagino la sua giovinezza. Dovrei tirarmi fuori dalla competizione.
Guardo Junior: in che stato ti sei ridotto per una biondina?
A me resta quello che avanza. Voglio che mi ami, non pretendo che mi adori. «Per me non esiste più», dice Junior.

CAPITOLO 18
I miei vecchi amori

Loro. I miei amori. Non tutti i miei compagni di letto rientrano nel quadro.
Qualcuno l'ho dimenticato.
Il Devoto che avevo sposato a diciotto anni ha signoreggiato a lungo nella mia memoria. Mi sembrava il Dio del mio futuro.
Rappresentava un ideale di Freud e del Pernod, del tennis e del "dolce stil novo" per tutte le allieve che lo adoravano. Eppure, dopo sei anni di crisi e dopo crisi, mi aveva lasciato insieme alla sua Enciclopedia dei Sinonimi e dei Contrari.

Claudio, invece, non aveva fatto parte del gruppo.
All'inizio eravamo antipatici l'uno all'altro. Lo avevo incontrato in un viaggio tipo "La mia Africa". Mi aveva fatto sentire la Blixen.
Si occupava di barche e guardava dall'alto in basso chi non sapeva di motori e di vele.
Eravamo finiti insieme a Djerba su un trabiccolo che volava per miracolo in un cielo senza stelle. Ecco come era il deserto visto dall'alto. Come la vita senza una Coca Cola fresca.
Invece atterrammo dove accadde qualche cosa in un momento di assetata disperazione.
La prima prova del nostro sentimento fu la sopravvivenza e una bibita fresca che Claudio mi offrì.
Non ha mai saputo che non sapevo nuotare, il suo amore per il mare non mi aveva convertito.
Il resto mi ritorna come un flashback. Guardavo le gare d'altura in tv. Mi rimpinzavo di noccioline per superare la

paura che mi facevano quelle barche snelle come delfini, lo riconoscevo dal colore della vela. Velocità. Onde.
Qualche rudimento che avevo raccolto standogli accanto.
Claudio è uno skipper nato.
Il suo catamarano è il più veloce. La prua si impenna e si spiaggia. Esce dalle onde e schizza per il prossimo tuffo. Entra in acqua a tutta forza. Sbatte e si spezza. La barca non c'è più e le onde vanno per conto loro.
Ma Claudio conosce il mare. Claudio sa come evitare il pericolo. Claudio non riemerge. Claudio muore.
Il dio del mare odia gli esuberanti.
Il dio odia chi viene dalla terra. Chi non ha letto la Sirenetta? Claudio aveva cambiato il finale.
Barca distrutta, mare in fiamme, legni che affondano, la giacca rossa del marinaio che aveva sfidato Nettuno galleggia, vuota e immobile.
Tutto in un lampo e in una sola bara.
Io appoggiai le mani sul legno lucido, Claudio sarebbe andato in un altro mare, solitario.
«Spero che quando e dove ci rivedremo, ci sia almeno un bar aperto».
Nessuno capì il significato del mio saluto.
Il Paradiso per noi era una bibita fresca. L'Inferno era il dio del mare.
Una sola cosa mi interessava in quell'addio. Dimenticare l'acqua, il fuoco e il cielo bruciare in un mare cattivo.
Non ho mai imparato a nuotare. Ho vendicato così la cattiveria del suo assassino. Chissà come, Claudio mi è risuonato a lungo in testa.
Poteva essere anche un ricordo noioso, ma per il poco tempo insieme sarebbe toccato a lui un giorno il compito di consolare una signora matura, sola, che non cercava altra compagnia.

Il destino mi aveva già preparato un beverone tossico con mani bellissime.

Un suonatore vagabondo e sfigato che ha vissuto il disincanto della Grande Mela e non dispera mai se lo chiamano toy boy nei messaggi a margine.

Buttano dalla bocca bile e arachidi. Io veglio su di lui. Per lui sono pronta a fare lo zerbino.

CAPITOLO 19
Legami

Ho provato a corrompere Junior al nostro primo Natale.
Dovevamo aspettare che nascesse non un bambino ma la certezza che fra noi fosse davvero qualcosa di importante.
Mi ama o nemmeno il dono di camicie blu d'Egitto lo ha convinto?
Mi addormento così. Viso contro viso. Quando respiro forte si gira di schiena. Forse conta i secondi della mia quasi morte. La veglia sulle mie apnee è una risposta ai dubbi sul Natale.
I Re Magi sembrano partecipare alla mia paura di menzogne.
Copione già visto. Sotto l'albero lo aspettano uno spartito antico ritrovato dal rigattiere, un portasigarette d'argento. Voglio abituare Junior ai piccoli inutili doni del Natale: voglio mostrargli come due persone che si amano si pensano, prendendosi cura l'uno dell'altro. L'orologio è ancora nella sua tasca.
Tutto è suo. Il mio cuscino, la mia tenerezza mentre lo guardo bere il tè tiepido prima di uscire.
Lui sceglie il colore delle mie mutande. Rosa da fanciulla in fiore, rosse da bordello, fragili nel rompersi come tele di ragno.
Perché non vuoi mai che mi spogli del tutto? La risposta è sempre quella che mi fa più male: «così non mi sembra di scopare mia madre».
Io: non ripeterlo mai più, ti prego.

È difficile tornare indietro. Difficile addormentarsi. Anche l'amore può andare di traverso.
Lui: tu devi essere mia, ripete con una specie di frenesia, fino alla fine.

È questo che ci lega.
Voglio che tu viva più di me. Ci sarai anche quando io non ci sarò.
Poi ripeti sempre che per l'età potresti essere mia madre e le madri devono pensare ai figli fino all'ultimo giorno della loro vita.
Dici: non stupirti se un giorno ti chiamassi mamma.
Lo ascolto senza fede.
Immagino che sia il suo modo per non farmi allontanare troppo. Spiderman, passami il coltello perché tagli la placenta, o la ragnatela, e il mio cuore.

CAPITOLO 20
Vediamo chi vince

Fino a quel momento l'unica cosa che avevo chiesto alla vita per i miei sessanta anni era un giornale su cui scrivere storie e un cane che non mi distruggesse le scarpe se tardavo la sera. Quando la giovinezza non c'è stata più, tutto mi sembrava un sogno di troppo.
Se poi lui ha la metà dei tuoi anni, devi sondare sempre più a fondo gli strati segreti di ogni incontro. Può sembrare tutto un diversivo.
Non ho rifiutato la minaccia sul nascere.
Junior, sei una condanna o una vittoria?
Baciami piano.
Resuscitare è bellissimo. Ma ora mi fai sentire come una vecchia Mary Poppins con l'ombrello.

Che cos'ha questa giornata? È leggera, da autunno felice.
Junior è tornato. Gli scrivo soltanto: «Ciao stronzo, bentornato».
Almeno una parola me la vorrai concedere. «Stai seduto!». «Non ti muovere». Non voglio essere consolata, ma essere felice con te.
Io sono pronta a prendermi la responsabilità dei miei sbagli, ma tu resta qui.

Vediamo chi è più forte a giocare a rubacuore.
Vediamo chi vince.

CAPITOLO 21
Bugie

Questa idea di Silent bizzosa ce l'ho.
La immagino quando ti tradiva persino con il ragazzo del bar.
Sono stata testimone muta e presente della sua cattiveria.

"Mi picchiava con il guinzaglio del cane cercando di farmi male sulle mani.
Poi mi chiedeva di portarla a vedere l'oceano da dove diceva di essere venuta.
Ma voleva andare in taxi perché sul bus le puttane nigeriane del turno di notte cucinavano su piccoli fornelli a gas sull'ultimo sedile e l'odore di cipolla la faceva vomitare.
Era capace di far fermare il bus e pretendeva che l'autista le facesse scendere o non si ripartiva.
O si metteva a urlare chiamando la madre a New Orleans per dirle che l'avevo rapita e che l'avrei affogata nell'oceano.
Al mare si tranquillizzava, ma se qualcuno la guardava fare il bagno nuda diceva di sentirsi paralizzata dalla vita in giù".

Ma è la verità, tutta la verità, Silent?
Mentre leggo questi atti di fede cattiva a Junior immagino due occhi color acquamarina che mi guardano e lacrimano.
Sembra un angelo idiota appena diffamato.
Lui: la racconti come una pazza, forse era solo una ragazzina innamorata.
Io: non credi a una parola di quello che ti ho detto?
Lui: qualcosa non mi torna. Pensi che le abbia fatto del male?
L'amavo, ma non abbastanza per tenerla con me.

Io: ti è dispiaciuto quando ti ha lasciato? No. E non la vorrei qui.

Sto difendendo Eva contro Eva. Potrei essere sua nonna. Cerco la mano di Junior per averlo più vicino. Ha una specie di soprassalto. Magari sta pensando a lei.
Io: dille che mi lasci in pace. Niente più messaggi. Nessun rancore. Tienila alla larga da me.

Quando il poema che narra di Silent finisce, riporto Junior verso casa.
Per chi crede negli astri, le centurie di Nostradamus chiudono una brutta serata, spaventosa guerra a occidente si appresta. Noi due siamo l'occidente.
Nel successivo anno la pestilenza dilagherà. Così micidiale e forte che giovani e vecchi e bestie moriranno. Sogno così ogni notte che manchi.

Anche Nani, ormai, si è abituato a vivere prigioniero in cucina. E io sono quella vecchia. Voi due i giovani. Una fregatura essere fottuti dagli oroscopi.

Silent potrebbe farmi piangere.
A cosa potrebbe servirmi ascoltare le storie su Silent se non a fare un tirocinio per il dopo, magari quando Junior mi dovesse lasciare per tornare da lei?

La palla dei rimpianti va e viene, ci sono dolori peggiori del competere con una ragazzina per un pianista fallito dalle belle mani. Ma qualunque sarà il mio dopo, devo fare di tutto per tenerlo al caldo nel mio letto, farlo giocare col mio seno come un bambino fa con la balia, accettare il gioco del dottore per grandi come fossi una bambola gonfiabile da usare con il sentimento deserto.

Lui: che cos'è questa? chiede Junior strisciando il dito lungo un segno bianco sotto il seno.
Io: mi hanno tolto un neo che poteva essere maligno.
Lui: sei mai rimasta incinta?
Io: no, non è mai capitato o non l'ho cercato.
Lui: sai che noi non potremo mai avere un figlio?
Io: tu sì. Ma non con me.
Lui: anche tu, la scienza fa miracoli. Pensa, un bambino mio e tuo.

I ganci sotto la cintura sono vietati anche nella boxe. Ora potrebbe farmi male anche una carezza. Junior gioca sporco.

Mi vuoi come il tuo bambino? Vorresti me o lui?

La primavera è già arrivata. Il cielo è celeste dappertutto. Ma io vedo solo te. L'immagine non cambia nemmeno se cambio la finestra da cui guardo. Finché sarai qui, sarai il mio cielo, e io ti guarderò.
Parlami male di Silent, fammela odiare.

CAPITOLO 22
Domande da dormiveglia

Durante i tanti anni per prepararmi al mestiere di varia umanità come il giornalista, non ho mai pensato a cosa sarei stata da grande.
Nasci come zero. Ma tutto quello che sarai da grande potrebbe essere un regalo. Un miracolo o un fallimento.
Di reale c'è solo la vita con i miei sessanta anni e i tuoi trentadue.

Quello che vorresti essere, magari sarà anche sbagliato. Magari sceglierai quello che non potrai mai diventare.
Ma da qui in avanti nessuna scelta, nessuna colpa, nessun dolore ti impedirà di vivere il tuo destino.
Il mio è un letto pieno di sassi e scambierò ogni sorriso per il futuro.
Lui: non hai una ruga.
Io: solo perché non ho sorriso molto in questi anni. E nemmeno baciato troppo.

Do re mi fa sol la si: per me c'è la sua musica.
È per lui un messaggio che viene da oltreoceano: "Guardate come sono bella. Ma il mio ragazzo italiano guarda altrove".

Io sono la balena, lei la sirena.
È una partita a tre, ma soltanto a me viene chiesta la dedizione assoluta, il sacrificio della pazienza.
Hanno dimenticato la mia gelosia, quella che mi può trasformare in un serpente o in un lampione.

Ma c'entra davvero l'amore in questa storia o è tutta segatura?
Cosa proverei se Junior smettesse di baciarmi? Come mi sentirei?
Domande da dormiveglia.

CAPITOLO 23
Illusioni

A vent'anni avevo conosciuto un collega, di quelli che hanno il diritto alla foto accanto agli articoli che scrive. La firma: quello al quale tutti battono la mano sulle spalle sussurrandogli bravo. Era anche bello come il protagonista di qualche film.
Difficile da tenere insieme la fama da giornalista e il cuore da rubacuori in posa con la macchina da presa tesa come uno stern, lui con l'elmetto forato da due colpi che si erano disputati la sua bella testa, lui che era nato in un piccolo paese emiliano ma che aveva visto Fidel Castro faccia a faccia, pregato con il Dalai Lama, bestemmiato con Hemingway, ma che parlava lo slang come un americano.
Collezionavo i suoi articoli come si fa con i santini dei dispensatori di miracoli impossibili. Volevo diventare una brava giornalista come lui, dare del tu al mondo. Avere la mia foto accanto alla firma.

Un giorno me lo trovai davanti in un corridoio della redazione. Cercava in archivio la foto di un bambino di qualche guerra lontana. Un primo piano che fissasse mosche, fame, guerra, mamma dove sei? Uno strazio per ogni lettore.
Lui invece chiuse il cassetto del catalogo foto dal fronte, mi prese per la vita e mi baciò come un guerriero ninja. Il grande inganno.
Il glorioso reporter si trasforma in un cinquantenne con pochi capelli e le mani sudate. Una scena fra reduci ancora vivi dopo la battaglia. Baciava come un grosso pesce con la bocca aperta e piena di bava.
Sembravo uscita non dal corridoio di un archivio, ma da un

banco di nebbia.

Ora penso che se Junior mi baciasse così io sarei il pesce e lui il guerriero ninja.

Ma cosa si può trovare nella bocca di un pesce? Cosa nel ventre della balena?

Geppetto ci aveva sistemato il salotto aspettando che il grande pesce inghiottisse anche Pinocchio dopo di lui.

Oltre quella nebbia, quella muffa, dietro altri baci che avevo dato, salvo l'immagine dell'elmetto forato, che cosa mi era rimasto da dare in dono a Junior?

Il telefono suona nella tasca. Leggo il display.
Si può rinfacciare qualcosa a un uomo ostinato nel costruirsi la propria prigione che considera un paradiso? Vorrei raccontarti un sacco di cose.
Ora è tutto perduto, ricordi? Ero un fuoco di amore. Chiudo.
Un errore o uno scherzo. Come qualcuno che sussurra un segreto.

Sono grata a chi mi vede come un paradiso.
Perché il peccato è così facile da afferrare.
Avevo avuto una tresca con un collega sposato. Ci vedevamo ed era una calamita da una scrivania all'altra.
Impossibile stare lontani. Ma la libidine esagerata poi stanca, e finì lì. Di lui sapevo che la moglie aveva un negozio di oggetti sacri e rosari, la sala d'attesa di un paradiso. Avrei voluto conoscerla, ma ero una peccatrice.
Poi mi feci coraggio e mi trovai davanti un donnino dimesso, che parlava piano come se pregasse. Discuteva con due suore davanti alla statua di Cristo. Lo volevano crocifisso, ma con gli occhi aperti. Erano poi passate a discutere davanti alla statua di Santa Caterina. Avrebbe dovuto avere in mano un mazzo di gigli o le mani giunte? La discussione aveva un tono

confessionale: quante volte, figliola?
Mi sentivo una peccatrice, figlia di puttana con tante colpe da confessare. Prima di lasciare quel luogo che sapeva di grazia comprai un rosario di grani rosa. Nel prendere il pacchetto dalle mani di quella specie di santa mi venne da dirle *mi dispiace*. Lei non sapeva perché, ma io provai vergogna.
Ecco la colpa. Avrei voluto chiedere scusa a lei, al Cristo con gli occhi chiusi, alla Santa senza gigli. Avrei fatto qualunque penitenza per espellere dal mio organismo tutta quella colpa. Dare a me stessa un'opportunità di sentirmi pulita o di morire.

E morire non mi sembrava una bestemmia. La gelosia è l'attesa che ritorni.
Il telefonino che mente. La ragione di chi mente.
Junior spariva, tornava, attorcigliava come un serpente le mani sui fianchi della ragazza sbalordita dalla sua musica. Sembrava suonasse per sedurre le signore presenti.
La gelosia è una donna di mezza età sprovveduta e annoiata seduta in fondo a ogni locale, una che viene colpita a due mani.

CAPITOLO 24
Messaggi che arrivano da lontano

Un giorno avevo preso la macchina, lo avevo cercato in ogni angolo dove avrei potuto trovarlo. Arrivai fino al mare.
Giravo in tondo. La spiaggia era deserta e sporca. Persino il baretto che d'estate era affollato, era chiuso.
Lo riconosco dal giaccone sdrucito che porta sempre. Da lontano sembra un avanzo dell'estate passata. Un tronco trascinato a riva dalla corrente.
È solo, passeggia sulla sabbia fredda.
Un milione per ogni suo pensiero. Junior e la mia gelosia. Cancellata.

C'è aria di primavera. Tra poco torna la quiete. La colpa di amarci è anarchia. Quali colpe scontava Françoise Sagan quando camminava scalza senza pensare che i marciapiedi di Parigi erano un giardino di merde di cane? O Sammy Davis doveva forse scontare la colpa di essere nero e con un occhio di vetro?
Junior è anche la mia colpa.

"Ricordi tutto baby?
Il nostro per sempre con tanti punti interrogativi.
E mi dicevi con rabbia che puoi sempre masturbarti".

Non ho scritto io questo sul mio pc. È comparso come certi messaggi dietro un aereo che pubblicizza nel cielo creme per la notte.
Cancello il messaggio, non era per me. Ma la gelosia punisce, la gelosia vince.

Questa volta il messaggio sul pc è più esplicito.

"Il sesso c'è anche domani.
Non si fotte soltanto con il cuore.
È l'anima che gode di più".

Non riesco a far leggere a Junior il messaggio, mi sembra una domanda inadeguata.
Avrei avuto un no come risposta, gli manca il coraggio necessario per spiegare quel domani. Non gli ho dato importanza.
Silent, poetessa da tastiera. Quando è di lei o di lui che parlo, la sua rabbia arriva fino al cielo e fa di tutto per farmi piangere.

Lui: la mia è stata una lotta per non diventare qualcuno. Sono un povero Cristo qualunque. Ho 50 euro in tasca e il telefono scarico. Vado a piedi perché non ho una macchina. Mi arrangio a vivere. Duecento anni fa avrei suonato in un salotto fra dame e cavalieri. Oggi suono per un Martini e le mance dei clienti. Vivo a sbafo come un pappone. Quelli come me sono la grande bugia dei giovani sognatori.

Io: ma tu hai davvero il talento per diventare un Van Halen?

L'amore giustifica ogni ribellione. Potrei essere tua madre. Tu potresti essere mio figlio. La verità sul tuo talento la conoscono gli altri. Ma la musica non basta a tenerci uniti.

Junior non si rende conto che è di Silent che parla, non di sé. Le attribuisce tre ruoli diversi. Silent la povera ragazza sola preda di ubriachi, Silent vittima dagli occhi acquamarina e l'anima svergognata che cercava ragazzi con i pettorali e un'altra

Silent che sembrava un alibi perfetto per giustificare le sue sconfitte. Per lei aveva fallito anche come musicista.

A Silent piacevano i ragazzi con i pettorali, ma faceva giochetti con i gay. Le piaceva la coca, se non c'era andava a cercare erba e quello che trovava. Una volta dormì in un cassonetto fuori da Chinatown. Quando la tirai fuori piangeva perché aveva dormito con un cane morto. Era per lui che piangeva. Dormiva rannicchiata come un gatto e con un cuscino fra le gambe. Diceva che così faceva l'amore anche nel sonno. Faceva sogni terribili e urlava perché qualcuno voleva ucciderla. Aveva paura del colore nero, diceva che era il colore dei morti.

Io vorrei somigliarle così amerebbe anche me nello stesso modo cattivo.

Che ci faccio io tra questi due ragazzi che si sbranano e che ora mi chiedono di troncare il loro amore come una vecchia Parca troncava le vite degli altri?

Potrei scrivere io a Silent.

Le direi che sono qui seduta a contare i miei anni e mi chiedo perché ha un nome più adatto a una spogliarellista che a una poetessa.

Mi risponderebbe Junior che lo sa, era il nome di un cane che non abbaiava mai perché qualcuno gli aveva tagliato le corde vocali.

Io: hai avuto un cane con lei e ora vorresti che mi liberassi di Nani?

Lui: era una bestiaccia, un randagio rognoso che si grattava a sangue

Io: chi se ne è liberato?

Non risponde.

Lui: bye bye love, chi se ne frega di un cane rognoso?

Ti servirebbe una macchina, potresti muoverti di più da un locale all'altro.
Non ci saranno nel mio futuro altre auto da regalare. Lascio che scelga il modello, la cilindrata. Vuole anche una rete che impedisca a Nani di spostarsi.
L'esilio è ormai una prigione.

«Suo figlio ha un gran gusto, signora». L'auto è blu d'Egitto, il suo colore preferito. Blu letale, lascio che il destino imperversi e che i simboli si espandano. Io invecchio passandoci sopra uno straccio per la polvere.

Avrei voluto soltanto sedermi accanto a te a un tavolo coperto di briciole e di bicchieri ormai vuoti. Eva davanti a Eva, non contro.

Scopro la sua scorta di erba nella macchina. E ora sono cattiva perché ho buttato il suo fumo nel cesso. Se lo avessero scoperto? Me lo avrebbero riportato a casa per un orecchio, come si fa con i ragazzacci? È suo, questo? Mi avrebbero chiesto.
Maldicenti avrebbero provato a insegnare a Mary Poppins come si addomestica un drago. Difficile che nella storia mi diano il ruolo della principessa, più giusto quello della strega, o della matrigna.

Quando gli dico che non voglio erba per casa, sembra Peter Parker con gli occhiali, che ancora non volava appeso alla ragnatela.

Junior non mi lascia andare. Mi stringe alla gola e mi rovescia la testa indietro. Il mio collo è teso come quello dei capretti che ho visto sgozzare in India. Manca il coltello, bastano le sue belle mani a farmi male.

Junior è un ragazzo cattivo che picchia sua madre. Tirarmi per i capelli significa: posso fare di te qualunque cosa.
Lui ha vinto il diritto di tenere la sua erba dove vuole. Ian Fleming chiuderebbe la storia con 007 che bacia l'eroina della storia. Junior mi chiede un tè caldo. L'ho perdonato, ma la violenza mi suggerisce anche quando lavoro storie tristi.

CAPITOLO 25
Refrain

Cerco nel video del computer immagini ricavate dalla mia fantasia sul passato.
Sprigionavo narrative dolorose.
Mi prolungo sulla tenerezza.
Non è la prima volta che vorrei piangere per qualcuno. Vai lì e racconta, mi è stato chiesto.
Un articolo può valere un momento di grazia.
Ci sarà sempre musica che vale la pena ascoltare.
Ci sarà sempre una persona che vale la pena di conoscere, un libro che merita di essere letto, una frase che resterà nella mente, braccia che ti faranno ballare, qualcosa da dimenticare o che ti farà piangere, ci sarà sempre un tempo come questo che sto vivendo e che merita di essere ricordato e se Dio c'è, deve essere per forza meraviglioso.
E se non c'è, pazienza.

Decideranno gli altri se i miei anni sono tanti o pochi.
Un signore con i baffi disse: se in molti vedono i campi blu sono degli anormali, il loro posto è il manicomio, ma se fanno soltanto finta di vedere tutti i campi blu, allora sono dei criminali e vanno messi in galera. Questo era il rapporto tra Adolf Hitler e l'arte moderna, degenerata. Ce l'ho sempre in testa come un tormentone.
Mi sento come Picasso del periodo rosa, circondata da tanti ammiratori pronti a giurare che avere sessanta anni è un'età meravigliosa.

Sono sempre stata convinta che la musica sia come l'aria e che

senza non si possa respirare, perché sono cresciuta così.
Mentre prendevo il latte di mia madre sono sicura di avere immagazzinato anticorpi che mi avrebbero sempre protetto da ogni silenzio. Mia madre cuciva e cantava. Mio padre suonava il contrabbasso.
A sei anni leggevo le note. La musica mi dava una voce in più.
Sapevo a memoria tutti i libretti d'opera, mi ero messa in testa che Tosca si era buttata giù dal Castel Sant'Angelo perché non aveva superato il provino di Scarpia.
La musica è sempre stata una gran ruffiana.
Se quattromila anni fa Aida avesse avuto un buon maestro di canto non sarebbe finita chiusa in un sarcofago, e la lagnosa Mimì con la scusa della gelida manina non avrebbe fregato Rodolfo. Sospettavo che la salottiera Violetta facesse la escort anche con il padre di Alfredo.
La musica è una gran ruffiana.
E i refrain della canzone ti suonano dentro. Vivere come hai vissuto per anni, in mezzo alla strada, non sempre significa essere libero.

Hai avuto una ragazza che non ho conosciuto, ma che ti ha seguito per anni, e tutto quello che è passato fra voi ce l'hai nel sangue.
Ora voglio essere io il tuo sangue.
Sono orgogliosa di essere arrivata dopo e di essere io il tuo pensiero musicale, anche se me la tieni segreta.

CAPITOLO 26
Fotografie

Frugando nelle sue tasche ho trovato qualcosa.
Frugando dentro una delle tante tasche vuote del giaccone ho trovato qualcosa.
Un giorno Eva doveva aver convinto Junior a entrare in uno di quei baracchini dove per cinque dollari senza resto scattano foto con lo sguardo fisso e l'aria persa di un demente spaventato. Sono quattro scatti ripiegati come francobolli.
Una faccia da pagliaccio biondo che fa la rana con la bocca larga per far ridere. Junior le sta accanto con l'aria triste. Subisce mentre fa naso contro naso in un gioco tenero. Tanto mistero per un francobollo da cinque dollari nascosto in una tasca.
Per me è la necessità di vedere ciò che non si dovrebbe vedere. Mi libera dall'isolamento di Silent e mi intrappola nella gelosia. Ora so com'è, la conosco.
Ha davvero gli occhi color acquamarina e la giovinezza gioiosa da pagliaccio biondo. Ora che c'è e non è più Campanellino. Il mio grande rammarico è che somiglia a quella immaginata mille volte e nascosta da Junior.
Vorrei che fosse qualcun altro. È finita la scusa che non la conosco.

> *"Davanti alla caserma*
> *Davanti alla grande porta*
> *C'era un lampione*
> *E Lili è ancora lì, ma ora somiglia di più all'Angelo azzurro.*
> *Suonala ancora, Sam.*

Non siamo più al cinema e il pop corn è finito".

Quando torna a casa si fruga in tasca, cerca qualcosa. Temo che cerchi quello che ho trovato. Invece dice di non trovare più l'orologio che gli ho regalato e che non porta al polso perché gli impedisce di suonare.
«L'ho posato sul pianoforte e l'ho dimenticato. Ora non c'è più», mi dice.
«Era il mio primo regalo finito in qualche tasca del giaccone, come le foto francobollo».
Mi proietta un mi dispiace, un ruolo estremo senza niente che susciti dispiacere.
Lui: non lo faccio più.
Mi sforzo di capire che cosa non farà più.
Non saprà mai che ho frugato nel suo giaccone.
Ognuno si tenga il proprio segreto.

CAPITOLO 27
Io veglio su di lui. Sempre.

Voglio passare con lui una notte sul monte Calvo.
Voglio suonare la musica preferita. Voglio tutti e due accovacciati sul divano e poi dormire.
Il nostro mondo in un salotto.
Ho orrore di un rapporto che sta tutto in un francobollo da cinque dollari.
Mi servono le braccia forti di un ragazzo disposto a piantarla con il passato e con i ricordi.
Uno che prenda una bionda con la faccia buffa, la metta in un sacco assieme agli stracci che gli ho tolto da dosso e butti tutto in qualche Potomac dietro casa.
Questo è il mio regalo per te. Un Natale fuori stagione.

CAPITOLO 28
Junior

J u n i o r. I suoi bisogni vanno e vengono e si fermano su un pianoforte.

Lui: ne ho avuto uno scassato a New York. I ragazzi del quartiere lo usavano come nascondiglio per la droga. Qualcuno lo aveva abbandonato in un vicolo e io andavo lì di notte, con una pila, e suonavo. Era scordato e senza il coperchio, poi finirono per farlo a pezzi.

Quando lo portano nel sottotetto Junior urla dalla felicità.
Si sente uno dei Beatles quando suonano l'ultimo concerto su un tetto di Londra. La musica arricchisce e io spero che Junior esca dalla sua malattia di sfigato.
Far rivivere Herbie che pensa di avere dentro. Nemmeno i guaiti di Nani lo disturbano troppo.

Lui: vedi? Io suono e tu stai sulle mie ginocchia. Siediti sulle mie ginocchia, leggi la musica e segui le note che faccio io.

Non ho mai pensato che un giorno le avrei messe sulla tastiera di un pianoforte, in bella vista. Porto un solo anello, eredità di mia madre che aveva mani di fata.
Non potrò mai suonare, odio le mie mani macchiate. Le seppellirei volentieri in tasche buie per nasconderle. La musica pretende mani bianche come vernice.

Io: che cosa vuoi, ancora?
Lui: voglio che tu sia migliore di me. Non voglio una tizia

devota in adorazione e crocifissione serale. Non voglio devozioni che uccidono. Non voglio qualcuno che occupi i miei tempi liberi.
Io: Silent sapeva suonare come te il pianoforte?
Lui si irrigidisce, non vorrebbe domande così in momenti come questi. Uno sgarbo alla divinità.
Io: non allarmarti, puoi anche non rispondermi, insisto.
«Ha studiato danza, voleva diventare una stella del balletto. Per un incidente a un ginocchio ha piantato tutto», risponde Junior. In questo modo Silent esce dal racconto zoppicando, come un'eroina ferita.

Era cominciato tutto così.
Ricordo seduta davanti a un monitor.
È come andare in estasi.
Spesso Junior chiude le mie giornate con un piccolo miracolo di buonanotte.
Ha cominciato dopo la cena di compleanno.
Un grazie per averlo accompagnato. Poi ha ripetuto l'appello.
Qui Radio Londra, Beethoven chiama. Billie Eilish risponde.
Una musica melodiosa accompagna la nebbia dell'immagine.

Lui: sono alla ricerca di una camicia blu d'Egitto che costi meno di cento euro.
Banalità da mancanza di noccioline e il fumo che manca.
Io: non è il mio colore preferito. Puoi sempre procurarti polvere e fare il colore.
Lui: peccato, è un colore che piace alle signore.
Io: un fondo tinta chiaro, due sbaffature rosate e il blu sulle palpebre. Trucchi da adolescenti.
Lui: noiose, la vita potrebbe essere più semplice.
Io: Nani già dorme, la notte canina è già cominciata.
Lui: dormi con un cane? Puzza, io lo caccerei fuori.

Io: il mondo ha bisogno di qualcuno che ti tenga al caldo il cuore anche se non ti prepara la colazione.
Lui: com'è che si chiama?
Io: Nani.
Lui: ti abbraccerei forte finché tutte le tue ossa non fossero rotte.
Io: stronzo.
Lui: ma dev'essere in chiave di Do.

CAPITOLO 29
Testimoni contro

Testimone quattro. "Si amavano, vivevano con il vuoto intorno, sembrava che non si sarebbero più mossi da lì. Quando gli incassi erano scarsi, i vicini portavano ai due piatti ricolmi di cibo. Non c'era nemmeno da chiedere permesso, la porta era aperta. E lui baciava lei sulla guancia, poi lei ricambiava.
Solo diannanzi al cibo si mollavano e si davano per vinti.
Due ragazzi che si amano, con il privilegio di non apparire mai sciocchi, buffi, esagerati. Chi li guarda non si stanca mai di vederli abbracciati. E se un giorno doveste andare in America non dimenticatevi di noi. Lo ripetevano spesso. L'amore è una gioia di Dio, è un immenso spazio che separa dal resto del mondo. Junior e la sua ragazza americana vivevano dentro e vi si perdevano.
Improvvisamente vennero tre ragazzi mai visti prima e cercavano i due americani. Problemi di soldi, non parlavano d'altro.
Se ne andarono portandosi via la chitarra e gli zaini con tutto quello che c'era dentro. Gli dicemmo che se fossero tornati li avremmo presi a colpi di vanga.
La cosa aveva disorientato tutti. Non avevano più niente, nemmeno il cambio della biancheria. Rimasero alcuni mesi, facevamo per loro quel che si poteva. Lei si vestiva con una tunica bianca e stava per ore al centro della piazza con un pentolino dove nessuno metteva niente. Litigavano la notte, urlavano e noi capivamo quello che lui le chiedeva. *Fai la puttana, l'unica cosa che ti riesce benissimo.* Ci sembrava che fossero pieni di rancore.
All'inizio della primavera li mandammo via. Non furono

gentili. Ci andò di mezzo il povero *dog, Silent Key*".

Il passato di Junior e di Silent Key è una miniera d'oro.
Ho bisogno di sapere.
Sto cercando due ragazzi che mi hanno rubato due anni di vita.
«Sei sicuro che Silent Key era incinta?
Forse quel bambino se lo era inventato come tutto il resto».
Possibile che nessuno provi un po' di nostalgia per quel bambino?
Niente. Come parlare di un pranzo saltato.

CAPITOLO 30
Ti dirò tutto

Lui: non hai una ruga, hai un viso da ragazza.
Ma inutile illudersi nella rieducazione della giovinezza; ci sono piante antichissime che hanno l'aspetto di essere appena sbocciate.

Vorrei essere giovane. Vorrei tornare alla mia infanzia, alla mia giovinezza.
Vorrei farmi allungare i capelli e illudere ancora la bellezza, ma la vita fa il suo gioco, anche se non ce ne accorgiamo.

Mi sveglio con il vecchio mondo che non si arrende.
Muore troppo lentamente.
Quanto devo pagare per un amore imperfetto?
Dovrei saltare qualche decennio. Mentre Junior giocava con i soldatini, io marciavo coi figli dei fiori. Mettete fiori nei vostri cannoni e menate del genere. Un poeta aveva scritto che ogni morte di uomo mi avrebbe diminuito. Me ne fregavo. C'era il Vietnam a confondermi le idee.

Poi è arrivato Junior a prendermi per mano.

Lui: una sera mi chiamò, era disperata. Spesi per un taxi tutti i soldi che avevo. Aveva fame. C'era un pulciaio aperto, la feci mangiare. Quando ebbe finito disse qualcosa all'orecchio del proprietario. Poi lo prese per la mano e disse: ora vado a letto.
Quando feci per seguirla lei mi fermò.
Tu no, disse. E sparì nel retrobottega con l'altro. La rividi all'alba.

Io: di favole sull'amore ne racconto quante ne vuoi. Vorresti sentire quella del coccodrillo che mangiò una gamba a un mio amico fotografo? Voleva riprenderlo dopo avergli messo in testa il berretto rosso di Babbo Natale. Lui riprese la sua gamba e fece un funerale.
Poi volle che fosse cremata. Lo vedemmo arrivare alla stazione con la stampella e un'urna stretta al petto.
Disse che avrebbe amato quel suo pezzo per sempre. Vedi, non è la morte a tenerci fuori dall'urna, sono i treni in orario.

Due giorni senza Junior mi hanno riportato indietro di secoli.
Sono tornata sola e immobile: cosa sono diventata?
Che diritto hai, musicista fallito, di svuotare la mia vita, di decidere del mio tempo, di stabilire se essere felice o no, di avere bisogno di un compagno, di un amico, di un valletto, di qualcuno che mi scopi? Perché mi serve tutto questo e perché devo stare così male quando mi manca?

Ho vissuto sessanta anni: una vita senza pretese, ho commesso errori. Ma mi bastava dire «Non giudicatemi».
Ora l'assenza di Junior per due giorni mi avvelena.

È più facile stare soli: meno bisogni, zero desideri. Vuol dire che per essere più felici si deve essere soli.
Scrivo un messaggio che non leggerà mai.
Ne scrivo un altro: a volte penso che più non ci sei e più ti amo.
Lo cancello come l'altro.
Messaggi fra adolescenti nascosti sotto le coperte perché nessuno ascolti. La felicità è anche amnesia.
I baci come cibo degli dèi, me li incarti per favore. Come nel gioco dire fare baciare lettera o testamento.

CAPITOLO 31
Amore

So che vuoi farti desiderare, che hai deciso di ignorarmi. Pubblico su internet una foto di me ragazza. Dovevo essere già infelice. Lo ero già allora.

Amore. Sei durato un anno e qualche secondo, hai trentadue anni e non credo che amerò più un altro uomo.

Il cielo non può far sempre tempesta.
Esiste anche la grazia delle nuvole, come se questo bastasse a farmi dimenticare la paura passata. Sono una vecchia in attesa che mi baci il principe ranocchio.

Ho vissuto una breve tragedia in tre atti:
Atto primo, la vecchia del villaggio, fischiata, portata nel luogo dove non voleva essere;
Atto secondo, uno stronzo che galleggia nel water anche dopo una cascata d'acqua;
Atto terzo, qualcuno le riportò il principe ranocchio come Pinocchio dopo la predica del Grillo Parlante. Questo imbroglione crede di baciare mentre uccide.

Nani non festeggia il ritorno del figliol prodigo.
Gli ha rubato il cuscino morbido e si sente tollerato, scansato, salvo soltanto quando lo prendo in braccio e lo bacio sul muso.

Al primo avviso di pioggia Nani resta sulla porta con il guinzaglio fra le zampe.
Tra poco usciremo.

Junior si offre, mi vuole risparmiare la pioggia. Nani è sorpreso, ma si lascia mettere il guinzaglio e il cappottino rosso. Forse, se è diventato così generoso, non piscerà più sulle sue scarpe.

Non devono andare lontano, il musicista lo riporterà a casa presto.

Quando ritorna la pioggia è cessata: arriva Junior, ma Nani non c'è. Racconta di averlo perso, dice che si è liberato ed è fuggito. Sembra perfino sincero, si sente responsabile.

Gli credo, coprirò d'oro chi mi riporterà Nani a casa. Cerco una sua foto.

Ne voglio una quando era felice, per non dire "è solo un cane che rompe i timpani".

Junior gira intorno alla poltrona e mi inchioda: due schiaffi secchi sulla bocca.

Tu non mi calpesti, azzanni. Spera che mi piaccia.

Mi fa male, è un gioco cattivo.

Mantengo la mia dignità offesa. E il mio dolore per l'assenza di Nani.

Ma tornerà, ne sono quasi sicura. La notte bagno il letto, ma non ho voglia di alzarmi per cambiare le lenzuola. La delusione non manca mai.

Junior allunga la mano.

Lui: spogliati.

Io: non mi hai mai voluto vedere nuda, ora sì?

Lui: perché ti allontani? Mi vuoi punire per Nani? Nessuno può odiare tanto per un cane perduto.

Mi alzo dal divano. Vorrei non essere qui.

CAPITOLO 32
Incubi

La notte faccio un sogno. Sono seduta sulla spiaggia. Junior e Silent stanno facendo il bagno.
Lei tiene la testa fuori dall'acqua e lo chiama. Aiutami. Salvami.
Lui non risponde.
L'acqua deve essere fredda, lei agita le braccia.
Capisco che sta affogando, che lui non la salverà.
Vedo per ultime le mani bianche di Silent. Mi sveglio mentre lei sparisce nell'acqua.
Lui: hai avuto un incubo, urlavi *salvala*, o *salvami*, non ricordo.

Come amavo da giovane? Più che altro pelle, umori, odori, sudore, tutto liscio e fresco.
Tutto torna, meno la freschezza di quei giorni e di quella pelle.

C'era una volta una vecchia che si era innamorata di un ragazzo dalle mani d'oro.
Questa non è una fiaba, perché io non vedo più la scena e il primo attore non sa più la sua parte.

Seduta davanti al computer, come se fossi in estasi, Junior da chissà dove che chiude le mie giornate senza il miracolo della buona notte.
Resto sveglia.
Quando torna dopo aver suonato a un matrimonio di bottegai non ha voglia di parlare di felicità. Dice Tolstoj che tutte le famiglie sono infelici ma ognuna lo è a modo suo.
Non ha mai pensato che soltanto la disperazione è uguale per

tutti.

Quanti euro hai in tasca? Ora potresti comprarti un biglietto per New York, ma non so più se è ancora la tua Isola che non c'è.
Affari di cuore andati a male.
Se non hai deciso dove andare, qualunque direzione sarà quella giusta, che sia ciascuno di noi a seguire la propria strada, a scegliere cosa fare, a decidere come e quando partecipare al suicidio del mondo. Tutti legati e uniti fra noi.
Per questo anche Junior e io abbiamo la stessa probabilità di amarci ancora, di sentirci Romeo e Giulietta o chiunque altro decida di unirsi all'altro.
Sono stata una bambina senza capricci. Ho avuto anche momenti di felicità. Come quando, chiusa nello stanzino della legna, fumai la mia prima sigaretta con Maruska, la mia amica del cuore dalle lunghe trecce e un nome da romanzo di Tom Clancy.
Tossimmo insieme e giurammo che non ci saremmo mai separate. Non l'ho più rivista dopo che il padre venne trasferito in un'altra città. Un pacco perduto persino per Amazon. Soltanto i cattivi conservano tutte le storie.
Le foto buone languiscono negli album di famiglia. Scusi, da quale parte lo tiene? - chiedeva mia madre a ogni nuovo cliente a cui prendeva le misure per l'abito da cucire. Non capivo la domanda e perché gli uomini potessero scegliere qualcosa da portare a destra e a sinistra.
E quale fosse il privilegio nella scelta. Quando capii che era il sesso ero già grande.
Allora è allora e i pantaloni lasciavano libera quella parte degli uomini che non conoscevo ancora. Adesso è adesso e i jeans fanno il pacco sempre allo stesso punto.
Come se avessero qualcosa in meno da scegliere, il cazzo

libero, resta solo il disorientamento delle dimensioni.
Anche se le palle vanno in poltiglia.

È il tempo degli zombie che resuscitano dalla nebbia, cerco inutilmente il ricordo più vecchio per non sentire l'assenza di Nani.
La mia vecchia casa con l'arco sbrecciato, il cortile dove ho giocato a campana, i tre gradini su cui passavo le estati a leggere Tex Willer, le tende di mia madre che per il carnevale mi trasformavano in odalisca, il piccolo orto dove mio nonno aveva piantato una rosa canina, tutto ciò non ha niente a che fare con la musica.
Solo quella di mio padre quando attaccava a suonare.

Resuscitare è bellissimo.
Ciascuno ha diritto al suo giorno della memoria, anche se brutto e deserto senza il mio cane perduto.
Per farmi dimenticare Nani ci vorrebbe la magia di Mary Poppins con l'ombrellino che vola su tutto il sudiciume che si è depositato negli anni.
Come è difficile rinascere, eppure sono qui, sessant'anni dopo, ma sono la stessa e ho lo stesso modo di soffrire.
Avevo resistito all'assenza di Junior e mi ero goduta la sofferenza. Posso sempre mandarlo via e chiudere la porta. La porta è chiusa, ma lui ritorna e mi guarda come se mi dicesse "niente prediche". È rientrato nel mio mondo senza nemmeno bussare. Se ne fotte della mia sofferenza.
Forse resta deluso dalla mia sopravvivenza.

CAPITOLO 33
Tic tac

Lui: ho visto quella foto che hai postato. Mi stavi aspettando.
Io: quella della foto non sono io.
Lui: sei tu quando vuoi richiamarmi. Quando hai bisogno di me, fammi un fischio.
Suonala ancora, Sam, Junior non può sentirla. È sordo.

Ora vorrei un po' di silenzio.
Nani guaisce dentro di me.
Quello che mi stupisce è il ricordo della tristezza di Nani per quel ritorno del figliol prodigo. Non ha più l'orologio che gli ho regalato. Semplice come scrivere sul registro del dare e dell'avere.
«Me lo sono tolto per suonare, l'ho appoggiato sul pianoforte. Quando ho smesso di suonare non c'era più».
Un ladro che non ama la musica.
Nemmeno un concerto alla Scala di Milano costa così tanto.
«I ladri giocano sporco».
Un delitto perfetto. Beve la sua birra e non si ferma. Durante la notte un messaggio mi sveglia.

> *"Tic tac Tic tac*
> *Non si parla di ladri*
> *In casa del Si bemolle*
> *Per chi ha rinunciato*
> *A essere soltanto musica*
> *Stai attenta a cosa sogni*
> *Prima sparisce Tic*

> *Poi sparisce Tac*
> *Con una sola voglia in mente*
> *Ma non essere troppo ingordo."*

Lui: è ancora Silent, mi spiega al mattino Junior. Spesso mi chiede dei soldi. Ieri non ne avevo e ho venduto l'orologio per aiutarla. L'amore non c'entra. Lo avrei fatto anche per un amico se ne avesse avuto bisogno.
La sincerità spesso vince sulla bugia. Disarma. Ha venduto il mio orologio per fornir di bomba la biondina americana.
Lui: mi ha chiesto di non raccontarti di noi. Questa è la prima cazzata che faccio per lei.

È un fermo immagine.
Io: prima o poi ti serviranno i soldi per tornare a New York. Non chiederli a me.
Lui: non voglio tornare in America.

Chi potrebbe fare affidamento su un uomo simile?
Metto i piedi per terra e il pavimento mi gira intorno. Si chiamano vertigini. Gira il letto. Gira il vestito che vorrei mettere. Gira il comò con la spazzola d'argento. Gira il mondo e tutti giù per terra. Le braccia di Junior mi fermano. Una forza da sbalordire un supereroe. Voglio che mi veda quando sto male. Voglio che torni a dormire nel suo giaciglio sui binari.
Ho bisogno di rantolare in pace.

> *"Sei ritornato a casa amore mio,*
> *Mentre la menzogna invecchia*
> *E non fa più male al cuore.*
> *La lotta è finita*
> *È andata come doveva andare*

E ferma il sangue delle ferite."

Silent risponde così alla cattiva poesia.
E si offre come il poeta che Junior vorrebbe per la sua musica.

"E tutte le mie speranze per il mondo
E tutti i miei credo nella verità
Si fusero nel calore accecante
Della mia devozione per te
E si plasmarono a tua immagine."

Junior ha bisogno delle parole di un poeta che scriva parole giuste per la sua musica, che lo tiri fuori dalla sua insoddisfazione.
Non basta uccidere i poeti, ma Silent gli suggerisce solo versi di poeti morti e sepolti a Spoon River.

CAPITOLO 34
Nani

Vado in giro a raccogliere storie di cani persi, come un mestiere che solo la pietà ricompensa. Perdersi è un'arte.
Cerco Nani.
So piangere per un cane che mi manca.
Vorrei soltanto scoprire quale egoismo si può cancellare dalla gente per non far piangere più nessuno. Ho una storia da raccontare "Ancora una?".
"Ascolta" se c'è ancora qualcuno.

Niente mi sembra autentico, c'è dentro qualcosa di debole, come uno che si voglia nascondere per piangere.
Io: per chi piangi, Junior? Non per me.

Rivoglio l'assuefazione totale della mia solitudine.
Qualche mese fa, qualche giorno fa, pensavo di essere una donna solitaria. Ora non lo penso più. Sono sola.
Sento la lingua nella mia bocca su un dente che balla.
Così Silent mi dà la buonanotte.
E non c'è nemmeno Junior per farmi dormire.
Ho sul petto uno strano congegno che misura le mie apnee notturne. Il medico non mi ha spiegato chi fosse questo signor Holter che l'ha inventato per seguire passo passo i sogni di chi muore nel sonno.
Ho due cuori, ma non ho il mio uomo vicino. E Nani mi manca. Due cuori e non avevo vicino quella cosa dura e forte che era il punto d'incontro. È quello che rimpiango meno.

Il destino delle donne: metà del cielo contro l'altra metà del

cielo. Poi finiamo a contare le briciole sul tavolo.
Nel sogno Silent ha detto salvami o salvati? Che cosa cambia?
La ricordo ogni volta che sento un cane abbaiare.

Continuo a cercarlo. Lo aspetto.
Questa è la strada che porta alla tana dove Junior si rifugia.
La conosco bene. L'estate non ha cambiato il panorama. Il cumulo dei rifiuti è cresciuto, appesta l'aria.
L'erba è secca, l'albero stento ha perso i fiori e non ha dato frutti.
La casa abitata da un uomo solo è sempre disordinata. Supero il sacco a pelo ancora steso sul pavimento e raccolgo jeans e calzini. Stracci che ho trasformato in camicie blu d'Egitto, scarpe infangate e un sacchetto di plastica.
È la riconta dei voti.
Riconosco il collare rosso di Nani coperto di fango. Manca il cappottino che portava soltanto per farmi felice.
Pensieri scuri per le ipotesi, pensieri neri per le certezze.
Dicono che tanti tagli piccoli sopprimono il dolore più grande.
Io mi taglierei tutta per non soffrire tanto. Grazie alla verità.

CAPITOLO 35
Dolori

La prima parola che mi viene in mente è dolore.
Una parola per un cane-angelo come Nani.
Niente è meno caotico del ricordo.
Sapere, conoscere, ricordare, soffrire. Pensieri inanimati senza riordinare una cronologia canina e amorosa che ha segnato la mia vita.

Black, per esempio. È stata la prima creatura che ho amato. Me lo regalarono perché mia madre disse che ero diventata grande, che era l'ora per prendermi cura di un cane. Black era un pastore belga, enorme per le mie forze. Fuori si comportava come un innamorato. Era geloso, non voleva che qualcuno mi camminasse dietro o accanto.
Me lo portarono via quando azzannò il polso di mio padre che aveva osato schiaffeggiarmi. I cani hanno la vita negli occhi. Black li aveva gialli.
Ridotti a fessura quando uscì dalla mia vita.

Poi Blitz, anche se era una femmina randagia.
Morì per una gravidanza difficile. Mi faceva trovare il materasso davanti al portone di casa ogni volta che andavo a cena con qualcuno.
La seppellii su una spiaggia in compagnia di Tani, un altro meticcio che l'aveva sedotta. Piangeva, come me, e il suo piangere sommesso illuminava tristemente il mare.

Viola del mio pensiero, un'altra randagia raccolta per strada. Coperta di rogna e di parassiti che curai come si cura un bambino.

Non sapevo che si fosse innamorata del barbone di un vicino. Per raggiungerlo scavò una buca sotto la rete del giardino e fuggirono assieme.

Quello che l'aveva portata lontano da me era stato più che l'amore per il suo barbone, il sentimento irrinunciabile alla libertà. Più di una accogliente e sicura cuccia. Quando non la trovai più, pregai che tutto il mondo si coprisse di rogna mettendo insieme ogni vita animata come unica consolazione.

Oggi mi sono svegliata con il pensiero di Nani, l'ultima di queste adozioni finite male. Era l'unico sopravvissuto a un trasporto di cuccioli illegali dalla Romania. Un commercio che prospera ancora liberamente. Li avevano strappati troppo presto alle madri e non erano sopravvissuti al viaggio chiusi in piccole gabbie. Nani ce l'aveva fatta. Lo allattavo intingendo un dito nel latte tiepido.

Qualcosa che somigliasse al seno materno. Tutto gravitava intorno a questo nucleo di sentimenti.

È cresciuto al ritmo del mio cuore. In sincronia con la mia solitudine, accucciato sui miei piedi quando scrivo. Il dolore fisico del distacco lascia il passo perché non ci sia più.

CAPITOLO 36
La fine

Chiedo a uno dei vicini se ha visto un cane perduto aggirarsi qua intorno.
No, non l'ha visto, ma ne ha sentito piangere uno per giorni e notti senza che qualcuno venisse a farlo smettere.
Poi non lo ha sentito più. O lo avevano portato via o era morto.
Io so che è successo, lui no. In diretta dal regno del non ritorno.
Come mi figuro la morte di Nani?
Comincia a morirmi in grembo mentre esce sotto la pioggia, legato al guinzaglio che Junior si è offerto di tenere per l'ultima passeggiata serale, come un bambino senza mamma.
Il dolore è un blocco di ghiaccio.
Si scioglie soltanto se lo scaldi con le lacrime.
Chiedo al proprietario della tana sulla ferrovia se c'è altro. Così, per sapere.

Testimone cinque: quando arrivò qui, forse due anni fa, dormiva come un vagabondo dietro quella cabina devastata dai vandali. Prima mi sono offerto di tenergli lo zaino quando diceva che andava a suonare. Poi si è liberato questo buco dietro quello che un tempo era un orto, e gliel'ho affittato. Era solo. Di giorno dormiva, qualche volta portava donne. Non parlava molto, solo la musica lo scioglieva. Avrebbe voluto un pianoforte tutto suo, poi qualche mese dopo mi disse che ne aveva uno bellissimo. Era cambiato, non parlava più neppure dell'America dove era stato e dove sarebbe voluto tornare.

Dov'è ora Nani? Urlo e lo sbatto contro il muro. Ma non mi

basta.

Junior: "L'ho lasciato andare, avrà trovato qualche buon padrone".
Ecco la parola del sogno. Salvalo, diceva nel sogno Silent.

> *"Quando piansi e piansi*
> *Solo un albero ebbe pietà*
> *Ma non aveva frutti nemmeno per un rimpianto".*

Forse non ti amo più, amore mio.
Esco per la strada.
Mi sembra di camminare sottosopra. Sulle mani. L'orizzonte è lontano e grigio.
I piedi camminano nelle striature rosse del cielo, lui mi segue.
Ma resta fuori dal paesaggio.
Non ho più paura di nessuno, tutto mi sembra possibile.
Come ho fatto a non riuscire a stargli lontano?
A casa mi abbraccia come se non fosse successo niente.

Lui: Nani tornerà. Magari qualcuno ti chiederà persino la ricompensa.

Eccomi qua, infranta e fatta a pezzi.

CAPITOLO 37
PERSONALE

Quello che non davo per scontato è il biglietto che Junior ha lasciato sul pianoforte.
Sul primo foglio c'è una parola alla quale non ho mai dato importanza, ma che ricorre da tempo nella mia vita: PERSONALE.
Solo ora mi sembra la soluzione, una profezia.
PERSONALE. È una parola viva, un segreto: me l'ero trovata scritta su un biglietto. Non ricordo come l'avevo avuta. Forse un caso.
Mandata da un poeta, o da Dio. Non avevo mai risposto.
Ora ha il valore del mio universo sconquassato e lo rianima. Mette ordine al caos che ho in testa. Qualunque significato gli dia, gravita intorno ai sentimenti.
È un pensiero determinato. È l'inizio e la fine di qualcosa che segue il ritmo del cuore.
Ma perché a me e ora? Dove sta il senso? Vuol dimostrare come una parola trasforma un destino?

Lui a me. *"Mi hai raccolto quando volevo soltanto una camicia blu Egitto e un biglietto per tornare da dove venivo. Un altrove che nemmeno io saprei indicarti. Due cose volevo e ne ho avute mille. Mi hai trovato in una stazione dove non sarebbe mai passato un treno, come fanno i vagabondi senza biglietto per alcun luogo. Non ero un viaggiatore, solo un vagabondo con la sfiga sulle spalle. Il destino mi aveva preso per il bavero della giacca e sbattuto in un cassonetto. Inutile.*
Mi dicevo non diventerai mai grande. Non avere sogni. Questo mi ha ripetuto la vita ogni giorno. Sei stata l'unica a sfanculare

quel destino. In me non c'era amore. Ma qualcosa deve essere quando ogni giorno ti chiedono "come stai?", "cosa pensi", "che posso fare per te".
E tu lo hai fatto, mi hai amato. Lo so.

Mi ero presentato: sono un musicista, nient'altro.
Ma cosa credete che io sia? Ti ho voluto bene, sei bella anche se non volevo che ti spogliassi perché mi avresti ricordato mia madre che non mi amava come te.
Non ci sono rimproveri, ci siamo solo noi due che si stanno salutando. Il treno riparte.
Non sottovalutare il mio sentimento solo tuo, sei stata il risveglio di qualcosa che ho dentro e che non muore.
Tu sei stata il baluardo che mi ha salvato e tenuto lontano dalle tentazioni. Hai protetto il mio amore che era altrove e che non voglio perdere. Tu non hai occhi color acquamarina, ma non volevo trovare un altro amore che le somigliasse. Mi hai permesso di nascondere quegli occhi sotto la ruggine perché li conservassi.
Vado in America e ho messo una camicia blu Egitto. Fai come se uscissi un attimo dalla tua vita, Non pensare che non ci rivedremo più. Non considerarlo un addio.
È soltanto il passato che si sta esaurendo per entrambi.
Un bacio, cerca di capire che non sto mentendo. Sincero per sempre".
È Junior che mi scrive.

Questa può essere la risposta che non ho mai saputo dare.
Sta partendo per New York, torna nella sua Isola che non c'è, nella sua Itaca. Non parla di Penelope, dice di seguire il canto delle sirene.
Credo che voglia significare che seguirà la musica, uccidendo le nubi oscure e dissipando il buio di questi anni. Ha trovato il suo biglietto per l'America.

Ha esaudito il suo desiderio vendendo l'orologio che gli avevo regalato. Lo ha conservato, non perduto o venduto per Silent come mi aveva raccontato.
Era il suo tesoretto, non aveva più soltanto 50 euro. I miei sentimenti per lui sono imprigionati in una gabbia fragile. Devo farli uscire.
Solo così saprò che cosa provo per lui. Junior mi lascia senza dirmi se mi ha amato. Lo devo capire da sola. Questo è il significato della parola PERSONALE.

Si firma Sergio, recuperando il suo nome. Junior non esiste più. Ritroverà la sua Virginia, ma non lo dice, così anche Silent sarà sempre dove lui si troverà.
Forse, ma forse no. Come si dice addio alla fine di una favola sbagliata, dove tutti non sono felici né contenti? Non lo so, ma la parola PERSONALE ha trovato la giusta collocazione in un brutto finale.

CAPITOLO 38
Addio

Se questo è il mio prossimo da amare, ci rinuncio.
Domani mattina mi sveglierò con il pensiero di dover fare qualcosa per lui. Io immagino mentre mi stringe la mano.
Domani dovrò scrivere un pezzo sulla crisi energetica.
Ma non provo alcuna curiosità, nessuna preoccupazione per tutto ciò che non riguarda Junior.

Dimentico tutto ciò che è chiuso, esterno a me, ho la mente occupata da paure nascoste in quella mano che stringo.

E così non importa cosa sarà domani.
Se la macchinetta del caffè è ancora senza filtro.
Se il lavandino è sporco e l'acqua ristagna.
Se le lenzuola sono da cambiare.
Se nel frigo non c'è la sua acqua preferita, senza gas prego.
Se inveirà contro la mia inadeguatezza.
Se dirà che non può nemmeno addebitare "alle mie cose" certi malumori perché sono in menopausa da cento anni.
Che mi ferisce più della luce laser di un supereroe.

Lascia perdere l'anima, amore mio.
Cercherò di non sentirmi ferita.

Lui o io.
Lui e io.
Io da sola.

Qualcuno direbbe che siamo ancora culo e camicia per non

scomodare Giulietta e Romeo.
È nella loro triste storia che si rifugiano gli amanti infelici in attesa di liquidare il passato, di uscirne vivi.

Vuoi sapere perché non mi ami? Perché sono vecchia e grinzosa.
Sembra una battuta da Commedia dell'Arte, non dirlo fuori.
Le femministe ti lincerebbero anche se è la verità.
Consolami con qualche nota.
Come fallito sei una meraviglia.
Portami nella tua musica dove succede sempre qualche cosa di bello.
Non so che altro dirti. Sono felice se ci sei.
Sei nel mio presente.
Sei una cosa sola con il mio presente.
Ecco la mia vita senza Junior.
Passano i giorni solitari.
Mi sento soffocare. Non ci sono colpevoli.
Ci sono solo io e il pensiero per Nani, che non mi abbandona mai.

CAPITOLO 39
La verità

Lo cerco nel paesaggio dove Junior lo aveva perduto.
Ripercorro la strada che dovevano aver fatto sotto la pioggia e mi trovo di fronte alla tana del lupo.
È tutto come quando Junior la usava per le sue scopate da gigolò. Una periferia lungo i binari della ferrovia, come un anno fa.
È il remake di un film riveduto e corretto.
Vedo soltanto il portone sgangherato e l'albero senza fiori.
Non è ancora la stagione.
I sentimenti ti catturano all'improvviso e piano piano ti invadono.
Entro, c'è ancora il sacco a pelo. Qui Nani ha pianto tanto, è morto di disperazione e di fame.

Che cosa viene prima e com'è morire di fame? Entra qualcuno, è il proprietario della tana.

Testimone sei: "Il musicista non c'è più, è tornato a New York.
In fondo mi dispiace, anche se con la storia del cane mi ha deluso.
Quando smise di piangere pensammo che fosse venuto a prenderlo.
Invece all'alba mia moglie, che va alla stazione a pulire i treni, lo vide che aveva il cane avvolto in un panno. Lo riconobbe dal muso e da una zampa che ciondolava. Poi lui scavò una buca sotto l'albero, dove la terra era più fresca, e lo seppellì.
Dopo non lo abbiamo più visto. È stato qui più di un anno".

Il racconto mi fonde il cervello.
Junior era qui da un anno – continua – proprio da quando aveva lasciato un paese più vicino alla città.

"Raccontavano che c'era stato un brutto incidente.
La ragazza americana che era venuta con lui era incinta."
Il racconto mi conduce piano piano ai fatti. Non mi aspetto spiegazioni chiare o rivelazioni. Faccio solo il conto degli anni e dei mesi della fiaba triste.
"Una notte – racconta ancora – la ragazza aveva perso sangue, era venuta l'ambulanza a prenderla. La mattina dissero che aveva perso il bambino e che lei era morta. Per questo lui era arrivato qui da solo".

La biondina americana era già morta quando ho conosciuto Junior.
Io sono stata la sua matrioska.
Mi aveva fatto ingozzare di lei con quei messaggi apocrifi da Twitter e io ci avevo creduto. Una matrioska giusta per salvare l'amore di Junior da ogni altra tentazione.
Non è il caso a fare incontrare due persone come noi.
Sono stato soltanto un contenitore per un amore che non era morto con Silent.
Da solo lui non avrebbe saputo avviare alcun ricordo. Poi aveva scelto me. Io sono stata una matrioska comoda che ha conservato intatta la biondina americana.
Una culla per una nascita in vitro.
Silent non è mai stata tanto Silent come quella che ho immaginato io.
Lei, forse, non era mai stata tanto. La mia curiosità l'aveva riportata in vita, purificata dalle mediocrità che forse aveva in vita.

Nei miei giorni con Junior, lui deve aver scritto su un muro *Silent per sempre*. Come tutte le persone che sono state qualcuno nella nostra vita. Silent aveva abitato in me, come un cucciolo senza padrone. Ma morire in me sarebbe stato il più grosso dolore per Junior. Non muore mai nessuno nell'immaginazione. È stata la nostra lotta. Eva contro Eva. Una matrioska contro una biondina dalla faccia buffa.
Ora scrivo di te per dire che sei morta. Ora non posso più fare domande. Prendere appunti sulla tua vita.

Abbellisco i ricordi, ma c'è quel sogno che non dimentico. "Salvami" dicevi, e non era da me. Come ingannano i sogni. La musica di Junior non era per me.
Stai tranquilla, biondina. Non può più succedere nulla tra noi.
Scordalo. Junior non è mai uscito dalla tua malattia.
Junior se n'è andato.
Ora i miei pensieri sono liberi.
Ti tengo per mano, biondina.
Credo addirittura di amarti.

La carta ingiallita mossa dal vento sembra emani odore di morte.
Silent aveva chiuso gli occhi color acquamarina, ma chi era la poetessa del cazzo che aveva giocato con me e con Junior? Silent o Virginia, fammi sentire la tua perdita come un labirinto in cui mi perdo.
Chi sei?
Dove sei esistita?
Chi scriveva poesie per te per farmi impazzire o per farmi capire che c'era qualcuno che Junior amava più di me?
Virginia, possa la tua anima bionda essere accettata almeno da Dio.

A questo i miei sessanta anni dovevano servire: a tenere vivo l'amore di Junior per te. Ero la madre e non l'amante.

E lui era il tuo ragazzo tanto amato, e non il mio toy boy.

Non sono mai stata altro che una che lo tenesse lontano dalle tentazioni.

Non voleva incontrare un'altra Silent che ballava nuda e gli metteva la cacca del cane nel caffè. Non voleva dimenticarti. Sei sempre stata la sua amatissima sgualdrinella, e ora torna da te, anche se tu resti qui. Io ti ho tenuto in vita, sono stata una madre anche per te. Un musicista fallito e una bionda poetessa inesistente.

Mi mancherai, ragazza. Avrei voluto assomigliarti.

E farmi amare da Junior come ama te. Non ti ho lasciato morire, come una madre.

Junior me lo faceva capire ogni giorno.

Era per pura disperazione che amava me.

Le poesie erano le canzoni che avrebbe voluto dedicarti. Non avevo capito nulla.

CAPITOLO 40
Sogna RSVP

Devo dimenticare Junior e Silent per un po' di tempo.
In questo cimitero della memoria anche il mistero di questo pellegrinaggio sulle impronte di Junior mi si chiarisce.
Il perché della fuga del musicista dal mio mondo accogliente.
Era arrivato come se qualcuno gli avesse detto di rappresentare una parte strampalata, ma seducente. La sua generosa discesa nella mia solitudine, il riposo nel mio ventre caldo e la menzogna costruita per convincermi e poi venirne fuori senza colpe.
Sembra la sosta di un naufrago su un'isola deserta.
Voleva Broadway, non me.
Se non arrivassi a capirlo, il mio mondo ne uscirebbe a pezzi. È il miraggio osceno, l'illusione senza speranza, fottuta illusione che fa apparire possibile ogni risvolto creativo.
Non basta mettersi la maschera della solitudine buona sul volto.
Chiunque la può manipolare senza scrupoli, affondando senza ritegno nella ferita della solitudine.
Anche se ne esce solo musica, è consolatorio. Più dolorosa di tutto è la perdita della serenità.
Il viaggiatore fruga senza scrupoli nella mia ferita. Peggiore della fine è la speranza, la piaga aperta all'altezza del cuore.
Aspetto seduta qui che il ciliegio di Nani fiorisca.

C'era una volta un principe sfigato, una principessa bionda e una matrigna illusa.
Non tutti i poeti sono bugiardi. I musicisti falliti che parlano di Paradiso, ci andranno quando smetteranno di vagare qua e

là dalla parte del cuore.
Uno scotch per una menzognera favola al contrario.

Una sera di qualche tempo fa, mentre accompagnavo un pianista sfigato che amava il soul, Dio mi aveva messo in tasca un biglietto con la scritta SOGNA RSVP.

Indice

Prefazione 7

CAPITOLO 1 Io 11

CAPITOLO 2 Oggi 15

CAPITOLO 3 Sessant'anni 17

CAPITOLO 4 Settembre 19

CAPITOLO 5 Ancora io 21

CAPITOLO 6 Lui 25

CAPITOLO 7 Noi 31

CAPITOLO 8 La musica e l'amore sono lame 35

CAPITOLO 9 Sei mesi fa Junior e io 37

CAPITOLO 10 Silent 39

CAPITOLO 11 R.S.V.P. 43

CAPITOLO 12 J 45

CAPITOLO 13 Ghost 49

CAPITOLO 14 Non parli non respiri 51

CAPITOLO 15 Respiri 53

CAPITOLO 17 Un messaggio da NY 59

CAPITOLO 18 I miei vecchi amori 63

CAPITOLO 19 Legami 67

CAPITOLO 20 Vediamo chi vince 69

CAPITOLO 21 Bugie 71

CAPITOLO 22 Domande da dormiveglia 75

CAPITOLO 23 Illusioni 77

CAPITOLO 24 Messaggi che arrivano da lontano 81

CAPITOLO 25 Refrain 87

CAPITOLO 26 Fotografie 89

CAPITOLO 27 Io veglio su di lui. Sempre. 91

CAPITOLO 28 Junior 93

CAPITOLO 29 Testimoni contro 97

CAPITOLO 30 Ti dirò tutto 99

CAPITOLO 31 Amore 101

CAPITOLO 32 Incubi 103

CAPITOLO 33 Tic tac 107

CAPITOLO 34 Nani 111

CAPITOLO 35 Dolori 113

CAPITOLO 36 La fine 115

CAPITOLO 37 PERSONALE 117

CAPITOLO 38 Addio 121

CAPITOLO 39 La verità 123

CAPITOLO 40 Sogna RSVP 127

Copyright 2024 – Lina Agostini

A norma della legge sul diritto d'autore e del codice civile, è espressamente vietata la riproduzione di questo libro o parte di esso con qualsiasi mezzo, elettronico, meccanico, sia anche per mezzo di fotocopie, microfilm, registratori o altro. Le fotocopie per uso personale del lettore possono tuttavia essere effettuate, ma solo nei limiti del 15% del volume e dietro pagamento alla SIAE del compenso previsto dall'art.68, commi 4 e 5 della legge 22 aprile 1941 n. 633. Ogni riproduzione per finalità diverse da quelle per uso personale deve essere autorizzata specificatamente dall'autore o dalla Società Editrice che ne ha curato la pubblicazione.

Printed by Amazon Italia Logistica S.r.l.
Torrazza Piemonte (TO), Italy

60691035R00078